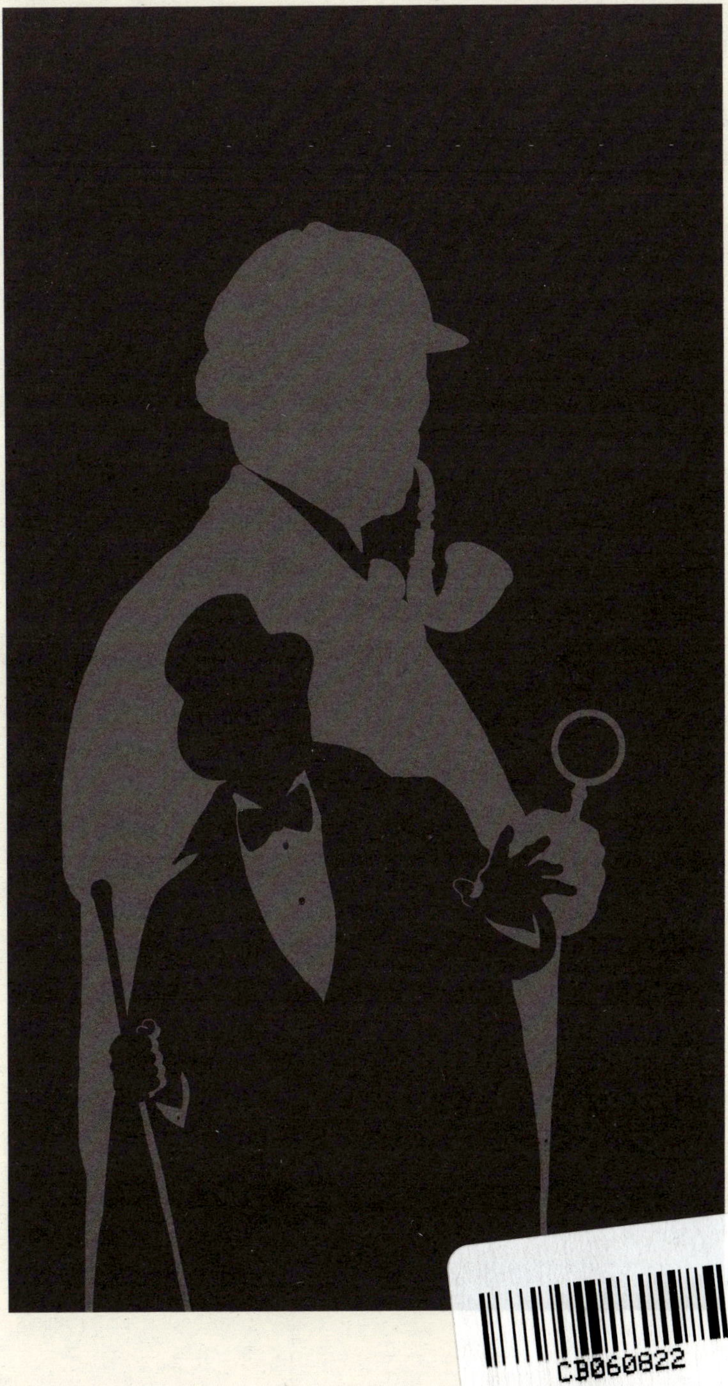

MAURICE LEBLANC

Tradução
OSCAR NESTAREZ

Arsène Lupin contra Herlock Sholmès

ns

São Paulo, 2021

Arsène Lupin contra Herlock Sholmès
Arsène Lupin Contre Herlock Sholmès by Maurice Leblanc
Copyright © 2021 by Novo Século Editora Ltda.

EDITOR: Luiz Vasconcelos
COORDENAÇÃO EDITORIAL E DIAGRAMAÇÃO: Nair Ferraz
TRADUÇÃO: Oscar Nestarez
PREPARAÇÃO: Equipe Novo Século
REVISÃO: Marcela Monteiro
ILUSTRAÇÃO DE CAPA: Kash Fire

Texto de acordo com as normas do Novo Acordo Ortográfico da Língua Portuguesa (1990), em vigor desde 1º de janeiro de 2009.

Dados Internacionais de Catalogação na Publicação (CIP)
Angélica Ilacqua CRB-8/7057

Leblanc, Maurice, 1864-1941
    Arsène Lupin contra Herlock Sholmès / Maurice Leblanc; tradução de Oscar Nestarez — Barueri, SP: Novo Século Editora, 2021.

Título original: *Arsene Lupin Contre Herlock Shomès*

1. Ficção francesa I. Título. II. Nestarez, Oscar

21-1724   CDD 843

Índice para catálogo sistemático:
1. Ficção francesa

‹ns
uma marca do
Grupo Novo Século

Alameda Araguaia, **2190** — Bloco A — 11º andar — Conjunto **1111**
CEP 06455-000 — Alphaville Industrial, Barueri — SP — Brasil
Tel.: **(11) 3699-7107**
www.gruponovoseculo.com.br | atendimento@gruponovoseculo.com.br

SUMÁRIO

PRIMEIRO EPISÓDIO A MULHER LOIRA

Capítulo 1 **NÚMERO 514 - SÉRIE 23**   9
Capítulo 2 **O DIAMANTE AZUL**   46
Capítulo 3 **HERLOCK SHOLMÈS INAUGURA AS HOSTILIDADES**   78
Capítulo 4 **ALGUMA LUZ NAS TREVAS**   110
Capítulo 5 **UM RAPTO**   138
Capítulo 6 **A SEGUNDA PRISÃO DE ARSÈNE LUPIN**   171

SEGUNDO EPISÓDIO A LUMINÁRIA JUDAICA

Capítulo 1   205
Capítulo 2   244

Primeiro episódio
A MULHER LOIRA

Capítulo 1

NÚMERO 514 - SÉRIE 23

No dia 8 de dezembro do ano passado, o sr. Gerbois, professor de matemática no Liceu de Versalhes, desenterrou, na bagunça de uma loja de antiguidades, uma pequena escrivaninha de mogno que lhe agradou pela abundância de gavetas.

"É exatamente do que eu preciso para o aniversário de Suzanne", pensou.

E como ele fazia de tudo, na medida de seus modestos recursos, para agradar a filha, discutiu o preço e pagou a soma de sessenta e cinco francos.

No momento em que ele dava seu endereço para a entrega, um jovem, de maneiras elegantes e que já bisbilhotava aqui e ali, percebeu o móvel e perguntou:

— Quanto é?

— Já foi vendido — respondeu o comerciante.

— Ah!... Para o senhor, talvez?

O sr. Gerbois o saudou e, ainda mais feliz por ter adquirido o móvel cobiçado por um de seus semelhantes, retirou-se.

Mas não tinha percorrido dez passos na rua quando foi alcançado pelo jovem, que, com o chapéu na mão e em um tom de perfeita cortesia, disse-lhe:

— Peço-lhe mil desculpas, cavalheiro... Vou lhe fazer uma pergunta indiscreta... O senhor estava procurando especificamente por essa escrivaninha?

— Não. Eu estava procurando por uma balança em oferta para algumas experiências de física.

— Então, não faz muita questão dela?

— Gosto dela, apenas isso.

— Por que ela é antiga, talvez?

— Porque é prática.

— Neste caso, será que o senhor concordaria em trocá-la por uma escrivaninha igualmente prática, mas em melhor estado?

— Esta aqui encontra-se em bom estado, e a troca me parece inútil.

— No entanto...

O sr. Gerbois é um homem facilmente irritável e de personalidade suscetível. Ele respondeu secamente:

— Eu lhe suplico, senhor, não insista.

O desconhecido plantou-se à sua frente.

— Ignoro o preço que o senhor pagou, cavalheiro... Mas lhe ofereço o dobro.

— Não.

— O triplo?

— Oh! Paremos por aqui — exclamou o professor, impaciente —, o que me pertence não está à venda.

O rapaz encarou-o fixamente, de uma forma que o sr. Gerbois não iria se esquecer, e a seguir, sem dizer uma palavra, virou-se e se afastou.

Uma hora depois, entregaram o móvel na pequena casa que o professor ocupava na estrada de Viroflay. Ele chamou a filha:

— É para você, Suzanne, se for do seu agrado.

Suzanne era uma linda criatura, expansiva e feliz. Ela se jogou no pescoço do pai e o abraçou com a mesma alegria que teria sentido se ele lhe tivesse dado um presente majestoso.

Na mesma noite, tendo colocado a escrivaninha em seu quarto com o auxílio de Hortense, a empregada, ela limpou as gavetas e arrumou cuidadosamente seus papéis, suas caixas de envelopes, suas correspondências, suas coleções de cartões-postais e algumas lembranças furtivas que conservava com carinho de seu primo Philippe.

Na manhã seguinte, às sete e meia, o sr. Gerbois dirigiu-se ao liceu. Às dez horas, Suzanne, seguindo um hábito cotidiano, esperava-o na saída, e para ele era um grande prazer perceber, na calçada do lado oposto ao portão, sua silhueta graciosa e seu sorriso de criança.

Eles voltaram juntos.

— E sua escrivaninha?

— Simplesmente maravilhosa! Hortense e eu polimos os adereços em cobre. Agora parecem ouro.

— Então, está contente?

— Se estou contente? Quero dizer que nem sei como pude viver sem ela até hoje.

Atravessaram o jardim que precede a casa. O sr. Gerbois propôs:

— Podemos dar uma olhada nela antes do almoço, que tal?

— Oh! Sim, é uma boa ideia.

Ela subiu antes, mas, ao chegar à porta de seu quarto, soltou um grito de perplexidade.

— O que aconteceu, afinal? — balbuciou o sr. Gerbois.

Por sua vez, ele entrou no quarto. A escrivaninha não estava mais lá.

⁂

O que espantou o juiz foi a admirável simplicidade dos meios empregados. Durante a ausência de Suzanne, e enquanto a empregada fazia suas compras, um mensageiro devidamente identificado — vizinhos o viram — havia parado sua carroça em frente ao jardim e tocado a campainha duas vezes. Os vizinhos, ignorando a ausência da empregada, não suspeitaram de nada, de modo que o indivíduo executou seu trabalho na mais absoluta tranquilidade.

Importante destacar: nenhum armário fora arrombado, nenhum relógio de parede, retirado. E mais, o porta-moedas de Suzanne, que ela havia deixado sobre o tampo de mármore da escrivaninha, estava na mesa ao lado com as moedas de ouro que continha. Portanto, o objetivo do roubo estava claramente determinado, o que o tornava ainda mais inexplicável, pois, afinal, qual o motivo de se correr tantos riscos por um butim tão ínfimo?

A única pista que o professor pôde fornecer foi o incidente do dia anterior.

— No mesmo instante, esse rapaz demonstrou, diante da minha recusa, uma intensa contrariedade, e tive a impressão bem clara de que ele se afastou com uma ameaça.

Isso era bem vago. O comerciante foi interrogado. Ele não conhecia nenhum dos dois cavalheiros. Quanto ao móvel, ele o havia comprado por quarenta francos em Chevreuse, em um leilão decorrente de um falecimento, e acreditava tê-lo revendido por seu valor justo. A investigação que se seguiu não revelou nada mais.

Mas o sr. Gerbois continuou convencido de que sofrera um enorme prejuízo. Uma fortuna devia estar escondida no fundo duplo de uma gaveta e foi ela a razão pela qual o rapaz, conhecendo o esconderijo, havia agido com tal determinação.

— Meu pobre paizinho, o que teríamos feito com essa fortuna? — repetiu Suzanne.

— O quê? Ora, com um tamanho dote, você poderia aspirar aos melhores partidos.

Suzanne, que limitava suas pretensões ao primo Philippe, um partido lamentável, suspirou amargamente. E na pequena casa de Versalhes, a vida continuou, menos feliz, menos despreocupada, escurecida por arrependimentos e decepções.

Dois meses se passaram. E de repente, um depois do outro, os mais graves incidentes, uma série inaudita de coincidências e de catástrofes...!

No dia 1º de fevereiro, às cinco e meia, o sr. Gerbois, que acabava de chegar em casa com um jornal vespertino na mão, sentou-se, colocou seus óculos e começou a ler. Como a política não lhe interessava, virou a página. No mesmo instante, um artigo atraiu sua atenção, intitulado:

> "Terceiro sorteio da loteria das Associações da Imprensa. O número 514 — série 23 ganha um milhão..."

O jornal escorregou-lhe dos dedos. As paredes vacilaram ante seus olhos, e seu coração parou de bater. O número 514 — série 23 era o seu número!

Ele o havia comprado por acaso, para fazer um favor a um de seus amigos, porque não acreditava nada nos desígnios do destino, e eis que havia ganhado!

Rapidamente, ele pegou a caderneta. O número 514 — série 23 estava devidamente escrito ali, na primeira folha, para que não se esquecesse. Mas e o bilhete?

Correu aos saltos até seu gabinete de trabalho para procurar a caixa de envelopes entre os quais havia inserido o precioso bilhete e, logo na entrada, ele estacou, novamente cambaleante e com o coração comprimido: a caixa de envelopes não se encontrava ali, e, coisa terrível, ele se deu conta de que não estava ali fazia semanas! Fazia semanas que deixara de vê-la diante de si nas horas em que corrigia as lições de seus alunos!

Um ruído de passos nos cascalhos do jardim... Ele chamou:

— Suzanne! Suzanne!

Ela veio correndo. Subiu precipitadamente. Ele gaguejou com uma voz estrangulada:

— Suzanne... A caixa... A caixa de envelopes...?
— Qual?
— Aquela do Louvre... Que eu tinha trazido numa quinta-feira... E que estava na ponta dessa mesa.
— Mas você não se lembra, pai? Estávamos juntos quando a guardamos...
— Quando?
— Naquela noite... Você sabe... Na véspera do dia...
— Mas onde...? Responda... Você está me matando...
— Onde...? Na escrivaninha.
— Na escrivaninha que foi roubada?
— Sim.
— Na escrivaninha que foi roubada!

Ele repetiu essas palavras bem baixinho, com uma espécie de pavor. Em seguida, pegou a mão da filha e, num tom ainda mais baixo, disse:

— Ela continha um milhão, minha filha...
— Ah! Pai, por que não me contou? — murmurou ingenuamente.
— Um milhão! — ele repetiu. — Foi o número ganhador da loteria da Imprensa.

A enormidade do desastre os devastou, e, por muito tempo, preservaram um silêncio que não tiveram coragem de quebrar.

Finalmente Suzanne ponderou:
— Mas pai, vão lhe pagar mesmo assim.
— Por quê? Com quais provas?
— Então, são necessárias provas?
— É óbvio!
— E você não tem?

— Sim, tenho uma.
— E então?
— Ela estava na caixa.
— Na caixa que desapareceu?
— Sim. E será outro que vai pegar o dinheiro.
— Mas isso seria abominável! Vejamos, pai, você não pode se opor?
— Sabe-se lá! Sabe-se lá! Esse homem deve ser tão forte! Dispõe de tantos recursos...! Lembre-se... O caso desse móvel...

Ele se levantou com um sobressalto enérgico e, batendo o pé, disse:

— Pois bem, não, não, ele não terá esse milhão, ele não o terá! Por que o teria? Afinal, por mais hábil que seja, ele próprio não pode fazer nada. Se ele se apresentar para receber a quantia, será enjaulado! Ah! Você vai se ver comigo, meu companheiro!

— Então, você tem uma ideia, pai?

— A de defender nossos direitos, até o fim, aconteça o que acontecer! E nós conseguiremos...! O milhão é meu, eu o terei!

Alguns minutos mais tarde, despachou o seguinte telegrama:

> "Diretor do Banco Nacional de Hipotecas, bulevar des Capucines, Paris. Sou detentor do número 514 — série 23. Descarte por todas as vias legais qualquer reivindicação de outrem.
> Gerbois."

Quase ao mesmo tempo chegava ao Banco de Hipotecas este outro telegrama:

"O número 514 — série 23 está em minha posse.
Arsène Lupin."

Sempre que me empenho a contar qualquer uma das inumeráveis aventuras de que se compõe a vida de Arsène Lupin, experimento uma verdadeira confusão, pois me parece que a mais banal dessas aventuras é conhecida por todos que me lerão. De fato, não há sequer um gesto de nosso "ladrão nacional", como tão simpaticamente o apelidaram, que não tenha sido assinalado da forma mais retumbante, não há uma façanha que não tenha sido estudada sob todos os ângulos, um ato que não tenha sido comentado com aquela abundância de detalhes que comumente dedicamos ao relato de ações heroicas.

Quem não conhece, por exemplo, aquela estranha história da "Mulher loira", com aqueles episódios curiosos que os repórteres intitulavam com grandes caracteres: O número 514 — série 23... O crime da avenida Henri-Martin...! O diamante azul...! Que alvoroço em torno da intervenção do famoso detetive inglês Herlock Sholmès! Que efervescência após cada uma das peripécias que marcaram a luta desses dois grandes artistas! E que agitação nas ruas, no dia em que os jornaleiros vociferavam: "A prisão de Arsène Lupin!"

Minha justificativa é que trago algo de novo: trago a chave do enigma. Ainda há sombras em torno dessas aventuras: eu as dissipo. Reproduzo artigos lidos e relidos, copio antigas entrevistas; mas tudo isso organizo, classifico e submeto à verdade exata. Meu colaborador é Arsène Lupin, cuja complacência para comigo é inesgotável. E o é também, neste caso, o inefável Wilson, amigo e confidente de Sholmès.

Todos se lembram do formidável ataque de risos que acolheu a publicação dos dois telegramas. O próprio nome de Arsène Lupin já era um indício de imprevisibilidade, uma promessa de divertimento para a plateia. E a plateia era o mundo inteiro.

Das buscas imediatamente realizadas pelo Banco de Hipotecas, resultou que o número 514 — série 23 havia sido vendido por intermédio do Crédit Lyonnais, sucursal de Versalhes, ao comandante de artilharia Bessy. Ora, o comandante havia morrido em consequência de uma queda de cavalo. Descobriu-se por colegas com quem ele se confidenciara que, algum tempo antes de sua morte, ele cedera o bilhete a um amigo.

— Esse amigo sou eu — afirmou o sr. Gerbois.

— Prove-o — objetou o diretor do Banco de Hipotecas.

— Quer que eu o prove? É fácil. Vinte pessoas dirão ao senhor que eu mantinha relações assíduas com o comandante e que nos encontrávamos no café da Place D'Armes. Foi lá que um dia, para reconfortá-lo em um momento de dificuldade, adquiri seu bilhete pela soma de vinte francos.

— O senhor tem testemunhas desse negócio?

— Não.

— Nesse caso, em que fundamenta a sua reivindicação?

— Na carta que ele me escreveu a esse respeito.
— Qual carta?
— Uma carta que estava grampeada no bilhete.
— Mostre-a.
— Mas ela se encontrava na escrivaninha roubada!
— Encontre-a.

Arsène Lupin, por sua vez, divulgou-a. Publicada pelo Écho de France — o qual tem a honra de ser seu órgão de imprensa oficial, e do qual ele é, parece, um dos principais acionistas —, uma nota anunciou que ele remetia às mãos do dr. Detinan, seu advogado, a carta que o comandante Bessy lhe havia escrito, a ele pessoalmente.

Foi uma explosão de alegria: Arsène Lupin tinha um advogado! Arsène Lupin, em respeito às regras estabelecidas, designava para o representar um membro do foro!

Toda a imprensa correu para a casa do dr. Detinan, deputado radical influente, homem de alta probidade ao mesmo tempo que de espírito refinado, um pouco cético, frequentemente paradoxal.

O dr. Detinan jamais havia tido o prazer de encontrar Arsène Lupin — o que lamentava vivamente —, mas acabara de receber instruções suas e, bastante lisonjeado por uma escolha pela qual se sentia totalmente honrado, estava determinado a defender vigorosamente o direito de seu cliente. Então, ele abriu o dossiê recentemente constituído e, sem delongas, exibiu a carta do comandante. Ela provava claramente a cessão do bilhete, mas não mencionava o nome do comprador. "Meu caro amigo...", dizia apenas.

"'Meu caro amigo' sou eu", acrescentava Arsène Lupin em uma nota anexada à carta do comandante. "E a melhor prova é que tenho a carta".

A nuvem de repórteres foi imediatamente para a casa do sr. Gerbois, que só foi capaz de repetir:

"'Meu caro amigo' não é ninguém além de mim. Arsène Lupin roubou a carta do comandante com o bilhete da loteria."

— Que ele prove — replicou Lupin aos jornalistas.

— Mas se foi ele quem roubou a escrivaninha! — exclamou o sr. Gerbois diante dos mesmos jornalistas.

E Lupin redarguiu:

— Que ele prove!

E foi um espetáculo delirantemente encantador esse duelo público entre os dois detentores do número 514 — série 23, essas idas e vindas dos repórteres, o sangue frio de Arsène Lupin diante do desespero do pobre sr. Gerbois.

O infeliz, o noticiário estava repleto de suas lamentações! Ele revelava seu infortúnio com uma ingenuidade comovente.

— Entendam, senhores, é o dote de Suzanne que esse usurpador me rouba! A mim, pessoalmente, não me importa, mas a Suzanne! Pensem um momento, um milhão! Dez vezes cem mil francos! Ah! Eu bem sabia que a escrivaninha continha um tesouro!

Tentaram lhe objetar que seu adversário, ao levar o móvel, ignorava a presença de um bilhete de loteria e que, em todo caso, ninguém podia prever que esse bilhete ganharia o grande prêmio, e ele balbuciou:

— Ora, mas ele sabia...! Se não soubesse, por que se daria ao trabalho de pegar aquele móvel miserável?

— Por razões desconhecidas, mas com certeza não foi para lançar mão de um papel amassado que valia, então, a modesta soma de vinte francos.

— A soma de um milhão! Ele sabia... Ele sabe tudo...! Ah! Vocês não o conhecem, o bandido...! Ele não surrupiou nada de vocês!

O diálogo poderia ter durado muito tempo. Mas no décimo segundo dia, o sr. Gerbois recebeu de Arsène Lupin uma missiva que continha a inscrição "confidencial". Ele a leu com crescente inquietação:

"Senhor, a plateia se diverte às nossas custas. Não considera que chegou o momento de falarmos sério? Quanto a isso estou, de minha parte, firmemente resolvido.

A situação é clara: possuo um bilhete cujo prêmio não tenho direito a receber, e o senhor tem o direito de receber o prêmio de um bilhete que não possui. Então, nada podemos um sem o outro.

Ora, nem o senhor consentiria em me ceder SEU direito, nem eu em lhe ceder MEU bilhete.

O que fazer?

Só vejo uma saída: separemos. Meio milhão para o senhor, meio milhão para mim. Não é justo? E essa sentença de Salomão não satisfaz ao desejo por justiça que reside em cada um de nós?

Solução justa, mas solução imediata. Não é uma oferta que o senhor possa se dar ao luxo de discutir,

mas uma necessidade à qual as circunstâncias o obrigam a se dobrar. Dou-lhe três dias para refletir. Na manhã de sexta-feira, quero crer que lerei, nos classificados do Écho de France, uma nota discreta endereçada ao Sr. Ars. Lup. contendo, em termos velados, sua adesão pura e simples ao pacto que lhe proponho. Feito isso, o senhor retomará imediatamente a posse do bilhete e receberá o milhão — estando disposto a me remeter quinhentos mil francos pela via que eu lhe indicarei ulteriormente.
Em caso de recusa, tomei medidas para que o resultado seja idêntico. Mas, além dos incômodos bastante graves que uma tal obstinação lhe causaria, o senhor teria que se submeter a pagar 25 mil francos por tarifas suplementares.
Queira receber, cavalheiro, a expressão de meus mais respeitosos sentimentos.
Arsène Lupin"

Exasperado, o sr. Gerbois cometeu o imenso equívoco de mostrar essa carta e de permitir que fosse copiada. Sua indignação o levava a fazer todas as tolices.

— Nada, ele não terá nada! — exclamava diante do grupo de repórteres. — Dividir aquilo que me pertence? Jamais. Que ele destrua o bilhete, se quiser!

— No entanto, quinhentos mil francos é melhor do que nada.

— Não se trata disso, mas do meu direito, e esse direito eu o farei valer diante dos tribunais.

— Processar Arsène Lupin? Isso seria engraçado.

— Não, o Banco de Hipotecas. Ele deve me entregar o milhão.

— Mediante a apresentação do bilhete, ou ao menos mediante a prova de que o senhor o comprou.

— A prova existe, dado que Arsène Lupin confessa que roubou a escrivaninha.

— A palavra de Arsène Lupin será suficiente para os tribunais?

— Não importa, vou prosseguir.

A opinião pública vibrava. Apostas foram feitas, algumas sustentando que Lupin aniquilaria o senhor Gerbois, outras que ele seria aniquilado por suas próprias ameaças. E todos experimentavam uma espécie de apreensão, tamanho era o desequilíbrio de forças entre os dois adversários, um tão áspero em seu ataque, o outro atordoado como um animal acuado.

Na sexta-feira, esgotou-se a tiragem do Écho de France, e a quinta página, na área dos classificados, foi febrilmente examinada. Não havia uma linha sequer endereçada ao Sr. Ars. Lup. Às injunções de Arsène Lupin, o sr. Gerbois respondeu com silêncio. Era a declaração de guerra.

À noite, soube-se pelos jornais do rapto da srta. Gerbois.

O que nos diverte naquilo que podemos chamar de os espetáculos de Arsène Lupin é o papel eminentemente cômico da polícia. Tudo se passa ao largo dela. Ele fala, ele escreve, ele avisa, ordena, ameaça, executa, como se não existissem nem chefe da Sûreté*, nem agentes, nem

---

* A Sûreté foi um órgão pioneiro de polícia investigativa criado no início do século XIX, na França, e que, por sua atuação, inspirou a criação de instituições como o FBI e a Scotland Yard. (N. do T.)

comissários, ninguém, enfim, que pudesse retê-lo em seus desígnios. Tudo isso é considerado como nulo e inexistente. O obstáculo não conta.

E no entanto ela se agita, a polícia! Quando se trata de Arsène Lupin, de alto a baixo na hierarquia, todo mundo pega fogo, ferve, espuma de raiva. É o inimigo que caçoa de você, que lhe provoca, que lhe menospreza, ou pior, que lhe ignora.

O que fazer com um inimigo assim? Às nove e quarenta, segundo o depoimento da empregada, Suzanne deixou a casa. Às dez e cinco, após sair do liceu, seu pai não a viu na calçada onde ela tinha o costume de esperá-lo. Logo, tudo se passara durante o pequeno passeio de vinte minutos que havia conduzido Suzanne de sua casa até o liceu, ou pelo menos aos arredores do liceu.

Dois vizinhos afirmaram ter cruzado com ela a trezentos passos da casa. Uma senhora viu caminhar ao longo da avenida uma moça cujos traços correspondiam aos dela. E depois? Depois, não se sabia.

Investigaram por todos os lados, interrogaram funcionários das estações ferroviárias e do pedágio. Eles não haviam notado nada naquele dia que pudesse se relacionar ao rapto de uma moça. Entretanto, em Ville-d'Avray, um merceeiro declarou ter vendido óleo para um automóvel que chegava de Paris. No assento da frente estava um motorista, e atrás, uma senhora loira — excessivamente loira, destacou a testemunha. Uma hora mais tarde, o automóvel voltava de Versalhes. Um problema no carro obrigou-o a desacelerar, o que permitiu ao merceeiro constatar, ao lado da senhora loira vista anteriormente, a presença de outra mulher, envolta, por sua vez, em xales e véus. Ninguém duvidava de que não fosse Suzanne Gerbois.

Mas, então, era necessário supor que o rapto tivesse ocorrido à luz do dia, em uma rodovia muito movimentada, bem no centro da cidade!

Como? Em qual lugar? Sequer um grito foi ouvido, sequer um movimento suspeito foi observado.

O merceeiro forneceu a descrição do automóvel, uma limusine 24 cavalos da marca Peugeon, de carroceria azul-escura. Por precaução, informaram-se com a diretora da Garagem Central, a sra. Bob Walthour, que se tornou uma especialista em raptos por automóveis. Na manhã de sexta-feira, com efeito, ela havia alugado, por um dia, uma limusine Peugeon a uma senhora loira a quem, inclusive, não viu mais.

— Mas e o motorista?

— Era alguém de nome Ernest, contratado na véspera com base em excelentes credenciais.

— Ele está aqui?

— Não, ele levou o carro e não voltou.

— Não conseguimos encontrar seu rastro?

— Certamente, com as pessoas que o recomendaram. Aqui estão seus nomes.

Dirigiram-se às casas dessas pessoas. Algumas delas não conheciam o tal Ernest.

Assim sendo, qualquer pista seguida para sair das trevas conduzia a outras trevas, a outros enigmas.

O sr. Gerbois não tinha forças para sustentar uma batalha que para ele começava de forma tão desastrosa.

Inconsolável após o desaparecimento de sua filha, devastado pelo remorso, ele se rendeu.

Um pequeno anúncio publicado no Écho de France, e que todo mundo comentou, comprovou sua submissão pura e simples, sem delongas.

Era a vitória, a guerra encerrada em quatro vezes vinte e quatro horas.

Dois dias depois, o sr. Gerbois atravessava o pátio do Banco de Hipotecas. Levado ao diretor, ele estendeu o número 514 — série 23. O diretor se sobressaltou.

— Ah! O senhor o tem? Devolveram-no?

— Estava perdido, aqui está ele — respondeu o sr. Gerbois.

— No entanto, o senhor pretendia... Havia uma questão.

— Tudo isso não passa de futricas e mentiras.

— Mas, mesmo assim, precisamos de qualquer documento comprobatório.

— A carta do comandante é suficiente?

— Certamente.

— Aqui está ela.

— Perfeito. Queira deixar essas provas conosco. Temos quinze dias para a verificação. Eu avisarei quando o senhor puder se apresentar ao nosso caixa. Daqui até lá, cavalheiro, creio que o senhor tenha total interesse em nada dizer e em encerrar esse caso no mais absoluto silêncio.

— É a minha intenção.

O sr. Gerbois não falou mais nada, e o diretor tampouco. Mas existem segredos que se revelam sem que qualquer indiscrição tenha sido cometida, e soube-se que Arsène Lupin havia tido a audácia de reenviar ao sr. Gerbois o número 514 — série 23! A novidade foi recebida com admiração estupefata. Decididamente se tratava de um grande jogador aquele que lançava na mesa um trunfo de tamanha importância, o precioso bilhete! Claro, ele fez isso conscientemente e em troca de uma carta que restabelecia o equilíbrio. Mas e se a moça lhe escapasse? E se conseguissem resgatar a refém que ele detinha?

A polícia notou o ponto fraco do inimigo e redobrou os esforços. Arsène Lupin desarmado, desnudado por si próprio, preso nas engrenagens de suas maquinações, sem receber sequer um miserável tostão do cobiçado milhão... De repente, os riscos mudaram de lado.

Mas era necessário encontrar Suzanne. E não a encontravam, e ela tampouco escapava!

Que seja, dizia-se, é ponto pacífico, Arsène ganha a primeira rodada. No entanto, o mais difícil ainda está por se fazer! A srta. Gerbois está em suas mãos, concedemos, e ele só a devolverá por quinhentos mil francos. Mas onde e como se dará a troca? Para que essa troca aconteça, será necessário um encontro, e o que impede que o sr. Gerbois avise a polícia e, dessa forma, recupere sua filha e mantenha o dinheiro?

Entrevistaram o professor. Muito abatido, desejando ficar em silêncio, ele permaneceu impenetrável.

— Não tenho nada a dizer, estou na expectativa.
— E a srta. Gerbois?
— As buscas continuam.
— Mas Arsène Lupin escreveu ao senhor?

— Não.
— O senhor confirma isso?
— Não.
— Então, ele escreveu. Quais são suas instruções?
— Não tenho nada a dizer.

Rodearam o dr. Detinan. A mesma discrição.

— O sr. Lupin é meu cliente — respondia ele, afetando gravidade —, vocês compreendem que eu me veja instado à mais absoluta reserva.

Todos esses mistérios irritavam a opinião pública. Evidentemente, planos eram tramados nas sombras. Arsène Lupin dispunha e cerrava as malhas de suas tramas, enquanto a polícia articulava dia e noite uma vigilância em torno do sr. Gerbois. E eram examinados os três únicos desfechos possíveis: a prisão, o triunfo, ou o fracasso ridículo e lamentável.

Mas ocorreu que a curiosidade do público só foi satisfeita de forma parcial, e é aqui, nestas páginas, que, pela primeira vez, a verdade exata se encontra revelada.

Na terça-feira, 12 de março, o sr. Gerbois recebeu, em um envelope de aparência comum, um comunicado do Banco de Hipotecas.

Na quinta, à uma hora, ele pegou o trem para Paris. Às duas horas, as mil notas de mil francos lhe foram entregues.

Enquanto ele as folheava, uma a uma, tremendo — esse dinheiro não era o resgate de Suzanne? —, dois homens conversavam em um veículo estacionado a alguma distância do grande portão. Um desses homens tinha os cabelos grisalhos e uma expressão enérgica que contrastava com suas vestes e seu aspecto de humilde funcionário. Era o inspetor-chefe Ganimard, o implacável inimigo de Lupin. E Ganimard dizia ao sargento Folenfant:

— Isso não vai demorar... Antes de cinco minutos, vamos rever nosso homem. Está tudo preparado?

— Absolutamente.

— Quantos nós somos?

— Oito, dos quais dois de bicicleta.

— E eu, que conto por três. É o suficiente, mas não é demais. Em hipótese alguma Gerbois deve escapar de nós... se não, adeus: ele se encontrará com Lupin no lugar em que terão marcado, trocará a senhorita pelo meio milhão, e será fim de jogo.

— Mas por que, então, o bom homem não vai com a gente? Seria tão simples! E se nós nos metêssemos no jogo, ele ficaria com todo o milhão.

— Sim, mas ele tem medo. Se tentar enganar o outro, não terá a filha.

— Qual outro?

— Ele.

Ganimard pronunciou essa palavra em um tom grave, um pouco temeroso, como se falasse de um ser sobrenatural cujas garras já sentisse.

— É um tanto curioso — observou judiciosamente o sargento Folenfant — que nos vejamos reduzidos a proteger esse senhor contra ele próprio.

— Com Lupin, o mundo fica do avesso — suspirou Ganimard.

Um minuto se passou.

— Atenção — disse ele.

O sr. Gerbois saía. No fim do bulevar des Capucines, pegou a avenida à esquerda. Ele se afastava lentamente, passando pelas lojas e olhando as vitrines.

— Muito tranquilo, o cliente — dizia Ganimard. — Um indivíduo que carrega um milhão no bolso não tem essa tranquilidade.

— O que resta a ele fazer?

— Oh! Nada, evidentemente... Mas não importa, eu desconfio. Lupin é Lupin.

Nesse momento, o sr. Gerbois se dirigiu a uma banca, escolheu alguns jornais, recebeu o troco, abriu uma das folhas e, com os braços estendidos, avançando em passos curtos, pôs-se a ler. E de repente, com um salto, ele se lançou em um automóvel que estacionou no meio-fio. O motor estava ligado, porque o veículo partiu rapidamente, dobrou a Madeleine e desapareceu.

— Maldito! — gritou Ganimard. — Mais um golpe!

Ele disparou, e outros homens acorreram no mesmo instante, em torno da Madeleine.

Mas ele teve um ataque de riso. Na entrada do bulevar Malesherbes, o automóvel havia parado, enguiçado, e o sr. Gerbois descia dele.

— Rápido, Folenfant... O motorista... Pode ser o tal Ernest.

Folenfant se ocupou do motorista. Ele se chamava Gaston, funcionário da Sociedade dos Táxis; dez minutos antes, um senhor o havia parado e pedido para que esperasse "sob pressão", perto da banca, até a chegada de um outro senhor.

— E o segundo cliente — perguntou Folenfant —, que endereço ele lhe deu?

— Nenhum endereço... "Bulevar Malesherbes... Avenida de Messine... Gorjeta dupla"... Só isso.

No entanto, enquanto isso, sem perder um minuto, o sr. Gerbois havia entrado no primeiro coche que passava.

— Cocheiro, para o metrô da Concorde.

O professor saiu do metrô na praça do Palais-Royal, correu na direção de outro coche e se fez conduzir até a praça da Bolsa. Segunda viagem de metrô, depois avenida de Villiers, terceiro coche.

— Cocheiro, rua Clapeyron, número 25.

O número 25 da rua Clapeyron separa-se do bulevar dos Batignolles por um prédio que faz o ângulo. Ele subiu ao primeiro andar e tocou a campainha. Um senhor abriu a porta.

— É aqui que reside o dr. Detinan?

— Sou eu mesmo. Sr. Gerbois, decerto.

— Perfeitamente.

— Eu lhe esperava, cavalheiro. Por favor, entre.

Quando o sr. Gerbois adentrou o escritório do advogado, o relógio de parede marcou três horas, e de súbito ele disse:

— É o horário marcado. Ele não está aqui?

— Ainda não.

O sr. Gerbois enxugou a testa, olhou seu relógio, como se não soubesse a hora, e replicou ansiosamente:

— Ele virá?

— O senhor me questiona, cavalheiro, sobre a coisa que mais me desperta curiosidade no mundo. Jamais senti tanta impaciência. Em todo caso, se ele vier, ele arrisca muito, este prédio está bem vigiado já faz quinze dias... Desconfiam de mim.

— E de mim ainda mais. E também não posso afirmar que os agentes que estavam nos meus calcanhares tenham perdido meu rastro.

— Mas então...

— Não seria, de modo algum, culpa minha — exclamou vivamente o professor —, e não há nada a me censurar. O que eu prometi? Obedecer às ordens dele. E pronto, obedeci cegamente às ordens dele, recebi o dinheiro na hora marcada por ele e vim à sua casa da maneira como ele me orientou. Responsável pelo infortúnio da minha filha, cumpri meus deveres com toda a lealdade. Agora é com ele cumprir os dele.

E acrescentou com a mesma voz ansiosa:

— Ele trará a minha filha, não é?

— Assim espero.

— No entanto... O senhor o viu?

— Eu? Claro que não! Ele apenas me pediu por carta para receber a ambos, que dispensasse meus empregados antes das três horas e que não admitisse ninguém em meu apartamento entre a sua chegada e a sua partida. Se eu não concordasse com essa proposta, ele me pediu para avisá-lo por meio de duas linhas no Écho de France. Mas sinto-me muito feliz por prestar serviço a Arsène Lupin e concordo com tudo.

O sr. Gerbois gemeu:

— Ai de mim! Como vai terminar tudo isso?

Ele retirou do bolso as notas do banco, espalhou-as sobre a mesa e fez dois maços iguais. Em seguida, eles se calaram. De tempos em tempos, o sr. Gerbois apurava o ouvido... Não tinham tocado a campainha?

Com a passagem dos minutos, sua angústia aumentava, e o dr. Detinan também experimentava uma sensação quase dolorosa.

Em dado momento, o advogado perdeu todo o sangue frio. Levantou-se bruscamente.

— Nós não o veremos... Como o senhor o queria...? Seria loucura da parte dele! Que tenha confiança em nós, tudo bem, somos pessoas honestas e incapazes de o trair. Mas o perigo não está apenas aqui.

E o sr. Gerbois, arrasado, as duas mãos sobre as notas, balbuciava:

— Que ele venha, meu Deus, que ele venha! Eu daria tudo isto para reencontrar Suzanne.

A porta se abriu.

— A metade será suficiente, sr. Gerbois.

Alguém estava na entrada; um homem jovem, vestido com elegância, no qual o sr. Gerbois reconheceu imediatamente o indivíduo que o havia abordado perto da loja de antiguidades, em Versalhes. Saltou na direção dele.

— E Suzanne? Onde está a minha filha?

Arsène Lupin fechou a porta cuidadosamente e, retirando suas luvas com o gesto mais sereno, disse ao advogado:

— Meu caro doutor, eu não saberia como lhe agradecer o suficiente pela gentileza com a qual o senhor consentiu em defender meus direitos. Não me esquecerei disso.

O dr. Detinan murmurou:

— Mas o senhor não tocou a campainha... Não ouvi a porta...

— As campainhas e as portas são coisas que devem funcionar sem que jamais as escutemos. Eis-me aqui mesmo assim, isso é o principal.

— Minha filha! Suzanne! O que fez com ela? — repetiu o professor.

— Meu Deus, cavalheiro — disse Lupin —, como está apressado. Vamos, acalme-se, mais um instante e a senhorita sua filha estará em seus braços.

Ele andou pelo recinto e depois, no tom de um fidalgo que distribui elogios, disse:

— Sr. Gerbois, cumprimento-o pela habilidade com a qual o senhor agiu agora há pouco. Se o automóvel não tivesse sofrido aquela pane absurda, nós estaríamos tranquilamente na Étoile e teríamos poupado ao dr. Detinan o incômodo dessa visita... Enfim! Estava escrito...

Ele percebeu os dois maços de notas e exclamou:

— Ah, perfeito! O milhão está aí... Não vamos perder mais tempo. O senhor me permite?

— Mas — objetou o dr. Detinan, colocando-se em frente à mesa — a srta. Gerbois ainda não chegou.

— E daí?

— E daí que sua presença não é indispensável?

— Entendo! Entendo! Arsène Lupin inspira apenas uma confiança relativa. Embolsa o meio milhão e não devolve a refém. Ah, meu caro doutor, sou um grande injustiçado! Posto que o destino tenha me conduzido a atos de natureza um pouco... especial, suspeitam de minha boa fé... Eu! Eu, que sou um homem do escrúpulo e da delicadeza! De qualquer forma, meu caro doutor, se o senhor estiver com medo, abra sua janela e grite. Há tranquilamente uma dúzia de agentes na rua.

— O senhor acha?

Arsène Lupin ergueu a cortina.

— Acho que o sr. Gerbois é incapaz de despistar Ganimard... O que eu lhes dizia? Ei-lo, esse corajoso amigo!

— Será possível?! — exclamou o professor. — No entanto, eu juro...

— Que não me traiu...? Não duvido, mas os rapazes são hábeis. Vejam, é Folenfant que observo...! E Gréaume...! E Dieuzy...! Todos os meus bons camaradas, ora!

O dr. Detinan o observava surpreso. Que tranquilidade! Ele ria contente, como se se divertisse com alguma brincadeira de criança, como se nenhum perigo o estivesse ameaçando.

Ainda mais que a visão dos agentes, aquela calmaria tranquilizou o advogado. Ele se afastou da mesa onde estavam as cédulas do banco.

Um após o outro, Arsène Lupin pegou os dois maços, tirou de cada um deles vinte e cinco notas e estendeu ao dr. Detinan as cinquenta cédulas assim obtidas.

— A parte dos honorários do sr. Gerbois, meu caro doutor, e aquela de Arsène Lupin. Nós lhe devemos muito isso.

— Não me devem nada — respondeu dr. Detinan.

— Como? E todo o incômodo que lhe causamos!

— E todo o prazer que sinto ao me dar esse incômodo!

— Quer dizer, meu caro doutor, que o senhor não quer aceitar nada de Arsène Lupin. Eis o que significa — suspirou ele — ter uma má reputação.

Estendeu os cinquenta mil francos ao professor.

— Cavalheiro, como lembrança de nosso feliz encontro, permita-me lhe devolver isto: será meu presente de núpcias para a srta. Gerbois.

O sr. Gerbois pegou rapidamente as cédulas, mas protestou:

— Minha filha não vai se casar agora.

— Não vai se casar se o senhor se recusar a dar seu consentimento. Mas está louca para se casar.

— O que o senhor sabe disso?

— Sei que as jovens frequentemente cultivam sonhos sem a autorização de seus pais. Felizmente há gênios bondosos que se chamam Arsène Lupin, e que no fundo das escrivaninhas descobrem os segredos dessas almas encantadoras.

— O senhor não encontrou outra coisa lá? — perguntou o dr. Detinan. — Confesso que estou muito curioso para saber por que esse móvel foi objeto de sua atenção.

— Razão histórica, meu caro doutor. Por mais que, contrariamente à opinião do sr. Gerbois, ele não contivesse nenhum outro tesouro além do bilhete da loteria

— e isso eu ignorava —, eu o apreciava e o procurava fazia muito tempo. Essa escrivaninha, em madeira de teixo e mogno, decorada com capitéis de folhas de acanto, foi encontrada na pequena e discreta casa da Boulogne em que morava Marie Walewska e ela traz, em uma das gavetas, a inscrição: "Dedicada a Napoleão 1o, Imperador Francês, pelo seu muito fiel servidor, Mancion". E, logo acima, estas palavras, gravadas com a ponta de uma faca: "Para ti, Marie". Depois, Napoleão fez com que a copiassem para a Imperatriz Joséphine — de modo que a escrivaninha que se admirava em Malmaison não era nada além de uma cópia imperfeita daquela que agora faz parte das minhas coleções.

O professor gemeu:

— Ai de mim! Se eu soubesse disso no antiquário, com que urgência não teria lhe dado a escrivaninha!

Arsène Lupin disse, rindo:

— E o senhor, além disso, teria tido a apreciável vantagem de conservar, sozinho, o número 514 — série 23.

— E o senhor não teria sido levado a raptar minha filha, a quem tudo isso deve ter perturbado.

— Tudo isso?

— Esse rapto...

— Mas, meu caro cavalheiro, o senhor está equivocado. A srta. Gerbois não foi raptada.

— Minha filha não foi raptada?

— De modo algum. Quem fala de rapto, fala de violência. Ora, foi por sua própria vontade que ela serviu de refém.

— Por sua própria vontade! — repetiu o sr. Gerbois, confuso.

— E quase a pedido dela! Ora! Uma moça inteligente como a srta. Gerbois que, além de tudo, cultiva no fundo da alma uma paixão inconfessa, teria se recusado a obter seu dote? Ah! Eu lhe juro que foi fácil fazê-la compreender que não havia outra forma de vencer a sua obstinação.

O dr. Detinan se divertia muito. Ele objetou:

— O mais difícil era o senhor se entender com ela. É inadmissível que a srta. Gerbois se tenha deixado abordar.

— Oh! Por mim, não. Eu sequer tive a honra de conhecê-la. Foi uma de minhas amigas que quis conduzir as negociações.

— A mulher loira do automóvel, sem dúvida — interrompeu o dr. Detinan.

— Justamente. Desde a primeira entrevista perto do liceu, tudo já estava acertado. Depois, a srta. Gerbois e sua nova amiga viajaram, visitando a Bélgica e a Holanda, da forma mais agradável e mais instrutiva para uma moça. Quanto ao resto, ela mesma vai lhe explicar...

Tocaram a campainha na porta do vestíbulo, três toques rápidos, depois um isolado e mais um isolado.

— É ela — disse Lupin. — Meu caro doutor, queira por gentileza... — o advogado se precipitou.

Duas jovens entraram. Uma se lançou nos braços do sr. Gerbois. A outra se aproximou de Lupin. Era alta, o busto harmonioso, o rosto muito pálido, e seus cabelos loiros, de um loiro radiante, dividiam-se em dois bandós ondulados e soltos. Vestida de preto, sem qualquer outro adereço além de um colar de jaspes de cinco voltas, ela ostentava, mesmo assim, uma elegância refinada.

Arsène Lupin lhe disse algumas palavras, e depois, cumprimentando a srta. Gerbois, disse:

— Peço-lhe desculpas, senhorita, por todas essas tribulações, mas, apesar disso, espero que não tenha sofrido muito...

— Sofrido! Na verdade, eu teria me divertido muito, se não fosse por meu pobre pai.

— Então, tudo está bem. Beije-o novamente e aproveite a ocasião, que é excelente, para lhe falar sobre seu primo.

— Meu primo... O que isso significa? Não compreendo.

— Mas claro que compreende... Seu primo Philippe... O jovem cujas cartas você guarda com tanto afeto...

Suzanne enrubesceu, perdeu a compostura e, enfim, conforme o conselho de Lupin, lançou-se de novo nos braços de seu pai.

Lupin observava os dois com um olhar enternecido. Como somos recompensados quando fazemos o bem! Espetáculo tocante! Feliz o pai! Feliz a filha! E pensar que essa felicidade é obra sua, Lupin! Esses seres lhe abençoarão mais tarde... Seu nome será piedosamente transmitido a seus netos. Oh! A família! A família!

Dirigiu-se até a janela.

— Nosso bom Ganimard ainda está lá...? Ele amaria assistir a essas encantadoras demonstrações de afeto... Mas não, ele não está mais lá... Não há mais ninguém... Nem ele, nem os outros... Diabo! A situação é grave... Não será nada surpreendente se eles já estiverem sob a porta da cocheira... na portaria, talvez... ou ainda na escada!

O sr. Gerbois deixou escapar um movimento. Agora que sua filha lhe fora restituída, retomava o senso da realidade. A prisão de seu adversário significava, para ele, meio milhão. Instintivamente ele deu um passo adiante... Como por acaso, Lupin se pôs em seu caminho.

— Aonde vai, sr. Gerbois? Defender-me contra eles? Mil vezes amável! Não se preocupe. Aliás, juro que eles estão mais enrolados do que eu.

E ele continuou refletindo:

— No fundo, o que sabem eles? Que o senhor está aqui, e, talvez, que a srta. Gerbois também esteja, porque eles devem tê-la visto chegar com uma senhora desconhecida. Mas eu? Eles nem desconfiam. Como teria eu me infiltrado em um prédio que, hoje de manhã, eles reviraram do porão ao sótão? Não, segundo todas as probabilidades, eles esperam me pegar em alguma armadilha... Pobres queridos...! A menos que eles adivinhem que a mulher desconhecida foi enviada por mim e que eles não suponham ser ela encarregada de proceder com a troca... e nesse caso se preparam para prendê-la ao sair...

Um toque de campainha soou.

Com um gesto brusco, Lupin imobilizou o sr. Gerbois e, com a voz seca, imperiosa:

— Alto lá, cavalheiro, pense em sua filha e seja sensato, senão junto... Quanto ao senhor, dr. Detinan, tenho sua palavra.

O sr. Gerbois congelou no lugar. O advogado não se moveu.

Sem a menor pressa, Lupin pegou seu chapéu. Um pouco de pó o manchava: ele o esfregou contra a manga da camisa.

— Meu caro doutor, se um dia precisar de mim... Meus melhores votos, srta. Suzanne, e toda a minha cordialidade ao senhor Philippe.

Retirou do bolso um pesado relógio com tampa dupla de ouro.

— Sr. Gerbois, são três e quarenta e dois; às três e quarenta e seis, eu o autorizo a sair desta sala... Nenhum minuto antes do que três e quarenta e seis, não é?

— Mas eles vão entrar na base da força — não pôde deixar de dizer o dr. Detinan.

— E a lei que o senhor esquece, meu caro doutor? Ganimard jamais ousará invadir a residência de um cidadão francês. Nós teríamos tempo de jogar uma bela partida de bridge. Mas perdoem-me, vocês parecem um pouco abalados, todos os três, e não quero abusar...

Ele colocou o relógio sobre a mesa, abriu a porta da sala e, dirigindo-se à mulher loira, perguntou:

— Você está pronta, querida amiga?

Distanciou-se para ela passar, dirigiu um último cumprimento, muito respeitoso, à srta. Gerbois, saiu e fechou a porta atrás de si.

E ouviram-no dizer, no vestíbulo, em voz alta:

— Boa tarde, Ganimard, como vai? Minhas lembranças à sra. Ganimard... Num desses dias, vou aparecer para almoçar... Adeus, Ganimard.

Um outro toque de campainha, brusco, violento, depois toques repetidos e ruídos de vozes no corredor.

— Três e quarenta e cinco — balbuciou o sr. Gerbois.

Após alguns segundos, dirigiu-se resolutamente para o vestíbulo. Lupin e a mulher loira não estavam mais ali.

— Pai! Não pode! Espere! — exclamou Suzanne.

— Esperar? Você está louca...! Acordos com esse canalha... E o meio milhão...?

Ele abriu.

Ganimard entrou.

— Aquela mulher... Onde está? E Lupin?

— Ele estava aqui... ele está aqui.

Ganimard soltou um grito de triunfo:

— Nós o pegamos... O edifício está cercado.

O dr. Detinan objetou:

— Mas e a escada de serviço?

— A escada de serviço dá para o pátio, e só há uma saída, o portão principal: dez homens o vigiam.

— Mas ele não entrou pelo portão principal... E não vai sair por ali...

— E por onde, então...? — atalhou Ganimard. — Pelos ares?

Ele afastou uma cortina. Um longo corredor surgiu, conduzindo à cozinha. Ganimard o atravessou correndo e constatou que a porta da escada de serviço estava fechada com uma volta dupla. Da janela, chamou um dos agentes:

— Ninguém?

— Ninguém.

— Então — exclamou —, eles estão dentro do apartamento...! Estão escondidos em um dos quartos...! É materialmente impossível que tenham escapado... Ah! Meu pequeno Lupin, você já me venceu, mas, desta vez, será a revanche.

Às sete da noite, o senhor Dudouis, chefe da Sûreté, surpreso por ainda não ter recebido notícias, foi à rua Clapeyron. Ele interrogou os agentes que vigiavam o imóvel, depois subiu até a casa do dr. Detinan, que o levou até o quarto. Lá, percebeu um homem, ou ainda duas pernas que se agitavam sobre o tapete, enquanto o torso, ao qual elas pertenciam, estava enfiado nas profundezas da chaminé.

— Ei...! Ei...! — uivava uma voz abafada.

E uma voz mais distante, que vinha do alto, respondia:

— Ei...! Ei...!

O senhor Dudouis exclamou, rindo:

— Então, Ganimard, quer dizer que você resolveu bancar o limpador de chaminés?

O inspetor se exumou das entranhas da chaminé. Com o rosto escurecido, as roupas cobertas de fuligem, os olhos brilhando febris, estava irreconhecível.

— Estou procurando por ele — grunhiu.

— Por quem?

— Arsène Lupin... Arsène Lupin e sua amiga.

— Ah, isso! Mas você imagina que eles estejam escondidos na tubulação da chaminé?

Ganimard se levantou, agarrou-se à manga da camisa de seu superior com cinco dedos cor de carbono e disse surda, enfurecidamente:

— Onde quer que eles estejam, chefe? É preciso que estejam em algum lugar. São seres como o senhor e eu, de carne e osso. Essas criaturas não desaparecem virando fumaça.

— Não, mas, mesmo assim, eles fugiram.

— Por onde? Por onde? O prédio está cercado! Tem agentes no telhado.

— E a casa vizinha?

— Não há comunicação com ela.

— Os apartamentos de outros andares?

— Conheço todos os moradores: eles não viram ninguém... Não ouviram ninguém.

— Tem certeza de que conhece todos?

— Todos. O zelador responde por eles. Aliás, por mais precaução, coloquei um homem em cada um desses apartamentos.

— E, no entanto, precisamos capturá-los.

— É o que digo, chefe, é o que digo. Precisamos, e assim será, porque eles estão aqui, os dois... Não podem não estar! Fique tranquilo, chefe, se não nesta noite, amanhã eu os pegarei... Dormirei aqui...! Dormirei aqui!

De fato dormiu, e no dia seguinte também, e no outro.

Então, quando três dias inteiros e três noites se passaram, ele não apenas não havia encontrado o incapturável Lupin e sua não menos incapturável companheira, como tampouco havia descoberto a menor pista que lhe permitisse estabelecer a mais ínfima hipótese.

E foi por isso que sua primeira opinião não variava.

— Uma vez que não haja nenhum traço de fuga, eles estão aqui!

Pode ser que, no fundo de sua consciência, ele estivesse menos convicto. Mas não queria admitir isso. Não, mil vezes não, um homem e uma mulher não desaparecem como os gênios malvados dos contos infantis. E sem perder o ânimo, ele continuava suas escavações e suas investigações, como se esperasse descobri-los, escondidos em algum refúgio impenetrável, incorporado às pedras do edifício.

Capítulo 2

O DIAMANTE AZUL

Na noite de 27 de março, no número 134 da avenida Henri-Martin, no palacete que herdara de seu irmão seis meses antes, o velho general barão d'Hautrec, embaixador em Berlim sob o segundo império, dormia no fundo de uma confortável poltrona, enquanto sua dama de companhia lhe fazia a leitura, e a irmã Auguste aquecia sua cama e preparava a lamparina noturna.

Às onze horas, a religiosa, que, excepcionalmente, deveria voltar ao convento de sua comunidade e passar a noite próxima à madre superiora, avisou à dama de companhia:

— Srta. Antoinette, meu trabalho acabou, vou partir.

— Está bem, minha irmã.

— E, principalmente, não se esqueça de que a cozinheira está de folga e que a senhorita está sozinha na casa, com o criado.

— Não tema pelo sr. barão, eu durmo em um quarto vizinho como combinamos, e deixo a porta aberta.

A religiosa foi embora. Ao final de um instante, Charles, o criado, veio receber as ordens. O barão acordou. Ele próprio respondeu:

— As mesmas ordens de sempre, Charles: verificar se a campainha elétrica funciona bem em seu quarto e, à primeira chamada, descer e correr até o médico.

— Meu general sempre apreensivo.

— Não estou bem... Não estou nada bem. Vamos, srta. Antoinette, onde estávamos em nossa leitura?

— O sr. barão não vai se deitar?

— Não, não, eu me deito muito tarde e, além disso, não preciso de ninguém.

Vinte minutos depois, o velho dormitava novamente, e Antoinette se afastava na ponta dos pés.

Nesse momento, Charles fechava cuidadosamente, como de costume, todas as venezianas do piso térreo.

Na cozinha, fechou o ferrolho da porta que dava para o jardim e, além disso, no vestíbulo prendeu, de um batente ao outro, a corrente de segurança. Depois subiu até sua mansarda, no terceiro andar, deitou-se e dormiu.

Cerca de uma hora havia passado quando, subitamente, ele saltou para fora de sua cama: a campainha ressoava. Ressoou por muito tempo, talvez sete ou oito segundos, e de maneira insistente, ininterrupta.

"Bem", Charles disse a si mesmo, terminando de acordar, "um novo capricho do barão".

Enfiou suas roupas, desceu rapidamente a escada, parou diante da porta e, como de costume, bateu. Nenhuma resposta. Entrou.

"Ora", murmurou, "não há luz... Por que diabos foi apagada?". E, com voz baixa, chamou:

— Senhorita?

Nenhuma resposta.

— Está aí, senhorita...? O que aconteceu? O sr. barão está doente?

O mesmo silêncio ao redor dele, um silêncio que acabou por impressioná-lo. Deu dois passos adiante: seu pé atingiu uma cadeira e, tocando-a, percebeu que ela estava caída. E, imediatamente, sua mão encontrou pelo chão outros objetos, uma mesinha, um biombo. Inquieto, retornou à parede e, tateando, procurou pelo interruptor. Encontrou-o e o acionou.

No meio do quarto, entre a mesa e o armário de espelho, jazia o corpo de seu patrão, o barão d'Hautrec.

— O quê...! Será possível...? — gaguejou.

Não sabia o que fazer e, sem se mexer, os olhos muito abertos, contemplava as coisas reviradas, as cadeiras tombadas, um grande candelabro de cristal estilhaçado em mil pedaços, o relógio de parede caído no mármore da lareira, todos esses traços que revelavam uma luta terrível e selvagem. O cabo de um estilete de aço cintilava, não muito longe do cadáver. A lâmina gotejava sangue. Ao longo do colchão, pendia um lenço sujo com marcas vermelhas.

Charles gritou de terror; o corpo se esticou em um esforço supremo e, depois, enrolou-se em si mesmo... Dois ou três espasmos e foi tudo.

Ele se inclinou. Por uma fina ferida no pescoço, o sangue esguichava, salpicando o tapete com manchas escuras. O rosto conservava uma expressão de apavorante loucura.

— Mataram-no — balbuciou —, mataram-no.

E arrepiou-se com a ideia de outro crime provável: a dama de companhia não dormia no quarto vizinho? E o assassino do barão não a teria matado também?

Empurrou a porta; o aposento estava vazio. Concluiu que Antoinette havia sido raptada, ou mesmo que ela saíra antes do crime.

Voltou ao quarto do barão e, os olhos deparando-se com a escrivaninha, percebeu que o móvel não havia sido quebrado.

E mais: viu sobre a mesa, perto do molho de chaves e da carteira que o barão colocava lá toda noite, um punhado de luíses de ouro. Charles pegou a carteira e vasculhou as divisórias. Uma delas continha cédulas. Contou-as; havia treze notas de cem francos.

Então, foi mais forte que ele: instintivamente, mecanicamente, sem que seu pensamento participasse do gesto da mão, pegou as treze cédulas, escondeu-as em sua jaqueta, voou pelas escadas, tirou o ferrolho, soltou a corrente, fechou a porta e fugiu pelo jardim.

Charles era um homem honesto. Mal havia fechado o portão, quando, atingido pelo ar noturno, o rosto resfriado pela chuva, estacou. O crime lhe apareceu sob a mais intensa luz, e ele sentiu um horror súbito.

Um fiacre passava. Ele acenou para o cocheiro.

— Camarada, vá até o posto policial e traga o comissário... A galope! Um homem foi morto.

O cocheiro fustigou seu cavalo. Mas, quando Charles quis entrar na casa, não conseguiu; ele mesmo havia fechado o portão, que não abria por fora.

Por outro lado, era inútil tocar a campainha, porque não havia ninguém no palacete.

Então, ele perambulou ao longo dos jardins que se formam na avenida, do lado de La Muette, uma vibrante borda de arbustos verdes e bem podados. E foi apenas depois de uma hora de espera que pôde enfim contar ao comissário os detalhes do crime e entregar em suas mãos as treze cédulas.

Enquanto isso, chamaram um chaveiro, o qual, a muito custo, conseguiu abrir o portão do jardim e a porta do vestíbulo. O comissário subiu e, imediatamente após o primeiro relance no local, disse ao criado:

— Ora, o senhor havia me dito que o aposento estava na maior desordem.

Voltou-se. Charles parecia pregado à soleira, hipnotizado: todos os móveis tinham voltado aos seus locais habituais! A mesinha estava entre as duas janelas, as cadeiras estavam de pé e o relógio de parede, no meio da chaminé. Os pedaços do candelabro haviam desaparecido.

Ele balbuciou, boquiaberto de estupor:

— O cadáver... O sr. barão...

— Realmente — exclamou o comissário —, onde se encontra a vítima?

Ele avançou na direção da cama. Sob um grande lençol que afastou, repousava o general barão d'Hautrec, ex-embaixador da França em Berlim. O sobretudo de general o recobria, ornado com a cruz de honra.

O rosto estava calmo. Os olhos, fechados. O criado murmurou:

— Alguém veio.

— Por onde?

— Não sei, mas alguém veio durante a minha ausência... Veja, ali estava, no chão, um punhal muito fino, de aço... E ali, sobre a mesa, um lenço com sangue... Não há mais nada... Levaram tudo... Arrumaram tudo...

— Mas quem?

— O assassino!

— Nós encontramos todas as portas fechadas.

— Porque ele ficou na casa.

— Ele ainda estaria, dado que o senhor não saiu da calçada.

O criado refletiu e pronunciou lentamente:

— Com efeito, com efeito... E não me afastei do portão... No entanto...

— Vejamos, qual foi a última pessoa que o senhor viu perto do barão?

— A srta. Antoinette, a dama de companhia.

— O que foi feito dela?

— Na minha opinião, como sua cama não estava nem desfeita, ela deve ter aproveitado a ausência da irmã Auguste para também sair. Isso não me surpreende nada, porque ela é bonita... Jovem...

— Mas como ela teria saído?

— Pela porta.

— O senhor havia passado o ferrolho e fechado a corrente!

— Bem mais tarde. Nesse momento, ela deve ter deixado o palacete.

— E o crime teria acontecido depois de sua saída?

— Naturalmente.

Vasculharam a casa de cima a baixo, do sótão ao porão; mas o assassino havia fugido. Em qual momento? Ou teria sido ele um cúmplice que julgara adequado voltar à cena do crime e sumir com tudo que poderia comprometê-lo? Tais eram as questões que se impunham à justiça.

Às sete horas chegou o médico legista, às oito, o chefe da Sûreté. Depois, foi a vez do procurador da República e do juiz de investigação. Também havia, apinhando-se no palacete, agentes, inspetores, jornalistas, o sobrinho do barão d'Hautrec e outros membros da família.

Vasculharam, estudaram a posição do cadáver segundo as lembranças de Charles, interrogaram a irmã Auguste assim que ela chegou. Não fizeram nenhuma descoberta. Além de tudo, a irmã Auguste se surpreendeu com o desaparecimento de Antoinette Bréhat. Havia contratado a jovem doze dias antes, mediante excelentes referências, e se recusava a crer que ela pudesse ter abandonado o doente que lhe fora confiado para sair, sozinha, pela noite.

— Ainda mais que, nesse caso — apontou o juiz de investigação —, ela já teria voltado. Voltamos, então, ao mesmo ponto: o que aconteceu com ela?

— Para mim — disse Charles —, ela foi raptada pelo assassino.

A hipótese era plausível e batia com certos indícios. O chefe da Sûreté se pronunciou:

— Raptada? Por Deus, isso me parece improvável.

— Não apenas improvável — disse uma voz —, como está em oposição absoluta aos fatos, aos resultados da investigação, em suma, à própria evidência.

A voz era rude, o tom, brusco, e ninguém se surpreendeu ao reconhecer Ganimard. Apenas a ele podia-se perdoar aquela forma um pouco virulenta de se exprimir.

— Ah, é você, Ganimard? — exclamou o sr. Dudouis —, não o tinha visto.

— Estou aqui há duas horas.

— Então você se interessa por algo que não sejam o bilhete 514 — série 23, o caso da rua Clapeyron, a Mulher loira e Arsène Lupin?

— He-he! — riu zombeteiro o velho inspetor. — Eu não afirmaria que Lupin estivesse alheio ao caso que nos ocupa... Mas deixemos de lado, até segunda ordem, a história do bilhete da loteria e vamos ao que interessa.

Ganimard não é um desses policiais de vasta inteligência, cujos procedimentos fazem escola e cujos nomes ficarão nos anais da justiça. Faltam-lhe os lampejos de genialidade que iluminam os Dupin, os Lecoq e os Sherlock Holmes. Mas ele tem excelentes qualidades medianas, como a observação, a sagacidade, a perseverança e, até mesmo, a intuição. Seu mérito é o de trabalhar com a mais absoluta independência. Nada, a não ser, talvez, a espécie de fascinação nele exercida por Arsène Lupin, nada o perturba nem o influencia.

Seja como for, seu papel, naquela manhã, não careceu de brilho, e sua colaboração foi daquelas que um juiz pode apreciar.

— Em primeiro lugar — começou ele —, eu pediria ao senhor Charles para esclarecer bem esse ponto: todos os objetos que ele viu, na primeira vez, revirados ou quebrados, estavam, na segunda passagem, exatamente em seus lugares habituais?

— Exatamente.

— Então, é evidente que eles só podem ter sido recolocados em seus lugares por uma pessoa que conhecesse o lugar de cada um desses objetos.

A constatação mexeu com os assistentes. Ganimard continuou:

— Uma outra pergunta, sr. Charles... O senhor foi acordado por uma campainha... Na sua opinião, quem o chamou?

— O sr. barão, ora.

— Que seja, mas em qual momento ele teria tocado?

— Depois da luta... No momento em que morria.

— Impossível, porque o senhor o encontrou prostrado, inerte, em um local a mais de quatro metros do botão da campainha.

— Então, ele tocou durante a luta.

— Impossível, já que o toque na campainha, como o senhor disse, foi regular, contínuo, e durou sete ou oito segundos. Acredita mesmo que o agressor teria dado a ele o luxo de tocá-la assim?

— Então, antes, no momento em que foi atacado.

— Impossível, o senhor nos disse que, entre o toque da campainha e o instante em que chegou ao quarto, transcorreram no máximo três minutos. Então, se ele tivesse tocado antes, teria sido necessário que a luta, o assassinato, a agonia e a fuga houvessem ocorrido nesse curto espaço de três minutos. Repito, é impossível.

— Entretanto, alguém tocou. Se não foi o barão, quem terá sido?

— O assassino.

— Com qual objetivo?

— Ignoro seu objetivo. Mas ao menos o fato de que tocou nos prova que devia saber que a campainha se comunicava com o quarto de um criado. Ora, quem poderia conhecer tal detalhe a não ser uma pessoa da própria casa?

O círculo de suposições se restringia. Com algumas frases rápidas, claras, lógicas, Ganimard colocava a questão em seu verdadeiro terreno, e o pensamento do velho inspetor manifestava-se nitidamente. Soou natural que o juiz de investigação concluísse:

— Em suma, em uma palavra, o senhor suspeita de Antoinette Bréhat.

— Não suspeito dela; acuso-a.

— O senhor a acusa de ser cúmplice?

— Acuso-a de ter assassinado o general barão d'Hautrec.

— Ora, vamos! E que prova...?

— Esse tufo de cabelo que descobri na mão direita da vítima, em sua própria carne, onde a ponta de suas unhas o enfiou.

Mostrou-lhes os fios de cabelo; eram de um loiro radiante, luminoso como fios de ouro, e Charles murmurou:

— São mesmo os fios de cabelo da srta. Antoinette. Não há dúvida sobre isso.

E acrescentou:

— Além disso... há outra coisa... Creio que a faca... aquela que não encontrei na segunda vez... pertencesse a ela... ela a utilizava para cortar as páginas dos livros.

O silêncio foi longo e doloroso, como se o crime se tornasse mais horrível por ter sido cometido por uma mulher. O juiz de investigação discutiu:

— Admitamos, até esclarecimentos maiores serem feitos, que o barão tenha sido morto por Antoinette Bréhat. Ainda seria preciso explicar qual caminho ela utilizou para sair depois do crime, para retornar após a partida do senhor Charles e para, novamente, escapar antes da chegada do comissário. Tem alguma opinião sobre isso, sr. Ganimard?

— Nenhuma.

— E então?

Ganimard pareceu desconcertado. Enfim pronunciou-se, não sem um visível esforço:

— Tudo o que posso dizer é que constato, aqui, o mesmo procedimento do caso do bilhete 514 — série 23, o mesmo fenômeno que poderíamos chamar de faculdade do desaparecimento. Antoinette Bréhat apareceu e desapareceu nesse palacete, tão misteriosamente quanto Arsène Lupin penetrou na casa do dr. Detinan e, de lá, escapou na companhia de uma Mulher loira.

— O que significa que...?

— O que significa que não posso me abster de pensar nessas duas coincidências, no mínimo, bizarras: Antoinette Bréhat foi contratada pela irmã Auguste há doze dias, ou seja, no dia seguinte àquele em que a mulher loira escapou por entre meus dedos. Em segundo lugar, os fios de cabelo da Mulher loira têm exatamente essa cor violenta, esse cintilar metálico com reflexos de ouro que encontramos nesse tufo.

— De modo que, na sua opinião, Antoinette Bréhat...

— Não é outra pessoa senão a Mulher loira.

— E Lupin, por consequência, maquinou os dois casos?

— Acredito que sim.

Houve um ataque de risos. Era o chefe da Sûreté que se divertia.

— Lupin! Sempre Lupin! Lupin está em tudo, Lupin está em todo lugar!

— Ele está onde está — replicou Ganimard, constrangido.

— Ainda seria preciso que ele tivesse motivos para estar em algum lugar — observou o sr. Dudouis — e, nesse caso, os motivos me parecem obscuros. A escrivaninha não foi quebrada, nem a carteira foi roubada. Inclusive ainda há ouro sobre a mesa.

— Sim — exclamou Ganimard —, mas e o famoso diamante?

— Qual diamante?

— O diamante azul! O célebre diamante que fazia parte da coroa real da França, que foi dado pelo Duque d'A... para Léonide L... e que, após a morte de Léonide L..., foi comprado pelo barão d'Hautrec em memória da brilhante atriz que ele amara apaixonadamente. É uma das lembranças que um velho parisiense como eu jamais esquece.

— É evidente — disse o juiz de investigação — que, se o diamante azul não for encontrado, tudo se explicará... Mas onde procurá-lo?

— Nos próprios dedos do sr. barão — respondeu Charles. — O diamante azul jamais deixava sua mão direita.

— Eu vi essa mão — afirmou Ganimard, aproximando-se da vítima —, e, como os senhores podem perceber, não há nela nada além de um simples anel de ouro.

— Olhe do lado da palma — prosseguiu o criado.

Ganimard abriu os dedos crispados. O engaste estava voltado para dentro e, no coração desse engaste, resplandecia o diamante azul.

— Maldição — murmurou Ganimard, absolutamente pasmo —, não entendo mais nada.

— E o senhor renuncia, espero, a suspeitar do infeliz Lupin? — caçoou o sr. Dudouis.

Ganimard parou por algum tempo, refletiu e respondeu em um tom sentencioso:

— É justamente quando não compreendo mais nada que suspeito de Arsène Lupin.

Tais foram as primeiras constatações efetuadas pela justiça no dia seguinte a esse estranho crime. Constatações vagas, incoerentes e às quais a sequência da investigação não acrescentou nem coerência, nem certeza. As idas e vindas de Antoinette Bréhat continuaram totalmente inexplicadas, da mesma forma que as da mulher loira, e não se soube quem era a misteriosa criatura de cabelos dourado que matara o barão d'Hautrec e que não pegara de seus dedos o fabuloso diamante da coroa real da França.

E, mais do que tudo, a curiosidade por ela inspirada dava ao crime contornos de grande acontecimento, com o qual se exasperava a opinião pública.

Os herdeiros do barão d'Hautrec só podiam se beneficiar de tal propagação. Eles organizaram na avenida Henri-Martin, no próprio palacete, uma exposição dos móveis e dos objetos que deviam ser vendidos à casa de leilões Drouot. Móveis modernos e de gosto duvidoso, objetos sem valor artístico... Mas, no centro do aposento, sobre um pedestal forrado com veludo grená, protegido por uma redoma de vidro e vigiado por dois agentes, cintilava o anel com o diamante azul.

Diamante magnífico, enorme, de uma pureza incomparável, e daquele azul indefinido que a água clara captura do céu que reflete, daquele azul que adivinhamos na alvura de certos tecidos. Todos o admiravam, extasiavam-se com ele... E olhavam com horror para o aposento da vítima, para o local onde tombara o cadáver, para o piso desprovido de seu tapete ensanguentado e, sobretudo, para as paredes intransponíveis pelas quais tinha passado a criminosa. Verificaram se o mármore da chaminé não se deslocava, se a moldura do espelho não escondia algum mecanismo que a fizesse girar. Imaginavam buracos escavados, entradas de túnel, ligações com os canos de esgoto, com as catacumbas...

A venda do diamante azul aconteceu na casa de leilões Drouot. A multidão sufocava, e a febre dos lances chegou ao ápice da loucura.

Estavam lá as estrelas parisienses que sempre aparecem nas grandes ocasiões, todos aqueles que compram e todos aqueles que querem fazer parecer que podem comprar, os especuladores, os artistas, as damas de todas as classes, dois ministros, um tenor italiano, um rei no exílio que, para consolidar seu crédito, deu-se o luxo de fazer lances até cem mil francos, com bastante ponderação e uma voz vibrante. Cem mil francos! Ele podia oferecê-los sem se comprometer. O tenor italiano arriscou cento e cinquenta, uma atriz da Sociedade de Comédia Francesa, cento e sessenta e cinco.

Quando se chegou a duzentos mil, contudo, os amadores desanimaram. Nos duzentos e cinquenta mil, só restavam dois: Herschmann, o célebre financista, o rei das minas de ouro, e a condessa de Crozon, riquíssima americana cuja coleção de diamantes e de pedras preciosas era famosa.

— Duzentos e sessenta mil... Duzentos e setenta mil... Setenta e cinco... Oitenta... — proferia o comissário, interrogando sucessivamente com o olhar os dois competidores. — Duzentos e oitenta mil para a madame... Alguém dá mais?

— Trezentos mil — murmurou Herschmann.

Silêncio. Todos observaram a condessa de Crozon. De pé, sorrindo, mas com uma palidez que denunciava sua perturbação, ela se apoiou ao encosto da cadeira colocada à sua frente. Na realidade, ela sabia, e toda a audiência também sabia, não havia dúvidas sobre a questão do duelo: logicamente, fatalmente, ele deveria terminar em favor do financista cujos caprichos eram sustentados por uma fortuna de mais de meio bilhão. Mesmo assim, ela se pronunciou:

— Trezentos e cinco mil.

Novo silêncio. Todos se voltaram para o rei das minas, na expectativa do inevitável lance. Era certo que ele viria, alto, brutal, definitivo.

Não veio. Herschmann permaneceu impassível, os olhos fixos em uma folha de papel na sua mão direita, enquanto a outra segurava os pedaços de um envelope rasgado.

— Trezentos e cinco mil — repetia o comissário. — Dou-lhe uma... Dou-lhe duas... Ainda há tempo... Alguém dá mais...? Repito: dou-lhe uma... dou-lhe duas...

Herschmann sequer vacilou. Último silêncio. Foi batido o martelo.

— Quatrocentos mil — exclamou Herschmann com um sobressalto, como se a pancada do martelo o arrancasse do torpor.

Tarde demais. A adjudicação era irrevogável.

Correram ao entorno dele. O que havia acontecido? Por que não falou antes?

Ele se pôs a rir.

— O que aconteceu? Ora essa, não sei dizer. Tive um minuto de distração.

— Será possível?

— Sim, por uma carta que me entregaram.

— E essa carta bastou...

— Para me perturbar, sim, naquele momento.

Ganimard estava lá. Havia assistido ao leilão do anel. Aproximou-se de um dos funcionários:

— Foi você, sem dúvidas, que entregou uma carta ao sr. Herschmann...

— Sim.
— Da parte de quem?
— Da parte de uma senhora.
— Onde ela está?
— Onde ela está...? Veja, senhor, lá... Aquela senhora com um véu espesso sobre o rosto.
— E que está saindo?
— Sim.

Ganimard se precipitou na direção da porta e avistou a mulher, que descia as escadas. Ele correu. Uma multidão o reteve perto da entrada. Ao sair, ele não a encontrou. Retornou para o salão, abordou Herschmann, apresentou-se e perguntou sobre a carta. Herschmann a entregou. Ela continha, escritas a lápis e às pressas, e numa caligrafia que o financista não conhecia, estas palavras simples:

"*O diamante azul traz infortúnio. Lembre-se do barão d'Hautrec.*"

As tribulações do diamante azul não haviam terminado, e, já conhecida pelo assassinato do barão d'Hautrec e pelos incidentes da casa de leilões Drouot, a peça alcançaria, seis meses depois, a maior celebridade. No verão seguinte, com efeito, foi roubada da condessa de Crozon a preciosa joia que ela tanto penara para conquistar.

Vamos resumir esse curioso caso cujas emocionantes e dramáticas peripécias nos apaixonaram a todos, e sobre o qual, enfim, me é permitido lançar alguma luz.

Na noite de 10 de agosto, os convidados do sr. e da sra. de Crozon estavam reunidos no salão do magnífico castelo que domina a baía do rio Somme. Havia música. A condessa pôs-se ao piano e colocou, sobre um pequeno móvel próximo ao instrumento, suas joias, entre as quais se encontrava o anel do barão d'Hautrec.

Ao cabo de uma hora, o conde se retirou, assim como seus dois primos, os d'Andelle, e a sra. de Réal, uma amiga íntima da condessa de Crozon, que permaneceu sozinha com o sr. Bleichen, cônsul austríaco, e sua esposa.

Eles conversaram, depois a condessa apagou uma grande luminária localizada na mesa do salão. No mesmo momento, o sr. Bleichen apagava duas luminárias do piano. Houve um instante de escuridão, um pouco de inquietação, depois o cônsul acendeu uma vela, e os três foram para seus aposentos. Assim que chegou ao seu, contudo, a condessa se lembrou de suas joias e ordenou à sua camareira que fosse buscá-las. Esta voltou e as colocou sobre a lareira, sem que a patroa as examinasse. Na manhã seguinte, a sra. de Crozon constatou que faltava um anel, o anel do diamante azul.

Ela avisou o marido. A conclusão foi imediata: a camareira estando acima de qualquer suspeita, o culpado não podia ser outro senão o sr. Bleichen.

O conde comunicou o comissário central de Amiens, que abriu um inquérito e, discretamente, organizou um amplo cerco, para que o cônsul austríaco não pudesse nem vender nem despachar o anel para qualquer lugar.

Dia e noite, agentes cercaram o castelo.

Duas semanas se passam sem qualquer incidente. O sr. Bleichen anuncia sua partida. Nesse dia, é prestada uma queixa contra ele. O comissário intervém oficialmente e ordena a revista das bagagens. Em uma pequena bolsa cuja chave está sempre com o cônsul, encontra-se um frasco de pó dentifrício; nesse frasco, o anel!

A sra. Bleichen desmaia. Seu marido é detido.

Todos se lembram do sistema de defesa adotado pelo réu. Ele não é capaz de explicar a presença do anel senão por uma vingança do sr. de Crozon. "O conde é brutal e faz sua esposa infeliz. Tive uma longa conversa com ela e a incentivei vivamente a pedir o divórcio. Sabendo disso, o conde se vingou pegando o anel e, na ocasião de minha partida, inseriu-o na *nécessaire* de toalete." O conde e a condessa mantiveram rigorosamente a queixa. Entre a explicação que davam e aquela do cônsul, ambas igualmente possíveis, igualmente prováveis, o público só precisava escolher. Nenhum fato novo fez penderem os pratos da balança. Um mês de conversa fiada, de conjecturas e de investigação não resultou em um único elemento de certeza.

Irritados com todo o escândalo, incapazes de produzirem a prova evidente de culpa que teria justificado sua acusação, o sr. e a sra. de Crozon solicitaram que lhes fosse enviado, de Paris, um agente da Sûreté capaz de desenrolar os fios da meada. Enviaram Ganimard.

Durante quatro dias, o velho inspetor-chefe bisbilhotou, fofocou, passeou pelo parque, teve longas conversas com a empregada, com o chofer, os jardineiros, os funcionários das agências de correios nas proximidades, visitou os aposentos ocupados pelo casal Bleichen, pelos primos d'Andelle e pela sra. de Réal. Depois, em uma manhã, desapareceu sem se despedir de seus anfitriões.

Mas, uma semana mais tarde, eles receberam este telegrama:

> *"Favor virem amanhã, sexta, cinco da tarde, ao Chá Japonês, rua Boissy-d'Anglas. Ganimard."*

Às cinco em ponto daquela sexta, o automóvel do casal estacionou diante do número 9 da rua Boissy-d'Anglas. Sem sequer uma palavra de explicação, o velho inspetor, que os esperava na calçada, conduziu-os ao primeiro andar do Chá Japonês.

Encontraram, em uma das salas, duas pessoas que Ganimard lhes apresentou:

— Sr. Gerbois, professor no Liceu de Versalhes, de quem, devem se lembrar, Arsène Lupin roubou meio milhão. Sr. Léonce d'Hautrec, sobrinho e herdeiro universal do barão d'Hautrec.

As quatro pessoas se sentaram. Uma quinta chegou alguns minutos depois. Era o chefe da Sûreté. O sr. Dudouis parecia estar de péssimo humor. Ele cumprimentou e disse:

— Então, o que há, Ganimard? Recebi, na chefatura, o seu recado telefônico. É algo grave?

— Muito grave, chefe. Dentro de uma hora, as últimas aventuras às quais me dediquei terão seu desfecho aqui. Pareceu-me que sua presença era indispensável.

— Assim como a presença de Dieuzy e de Folenfant, que avistei lá embaixo, perto da porta?

— Sim, chefe.

— E para quê? Trata-se de uma detenção? Que circo! Vamos, Ganimard, estamos escutando.

Ganimard hesitou por alguns instantes, depois pronunciou-se com a evidente intenção de impactar seus ouvintes:

— Antes de tudo, afirmo que o sr. Bleichen não tem nada a ver com o roubo do anel.

— Oh! Oh! — respondeu o sr. Dudouis. — É uma afirmação simples... e muito grave.

E o conde indagou:

— É a essa... descoberta que se resumem seus esforços?

— Não, cavalheiro. Dois dias após o roubo, o acaso de uma excursão de automóveis levou três de seus convidados até a cidade de Crécy. Enquanto duas dessas pessoas iam visitar o famoso campo de batalha, a terceira corria até a agência dos correios e despachava uma pequena caixa amarrada, selada de acordo com as regras e registrada por um valor de cem francos.

O sr. de Crozon objetou:

— Nada que não seja ordinário.

— Talvez lhes pareça menos ordinário que essa pessoa, em vez de dar seu nome verdadeiro, tenha realizado o envio sob a alcunha de Rousseau, e que o destinatário, um certo sr. Beloux, residente em Paris, tenha se mudado na mesma noite do dia em que recebeu a caixa, isto é, o anel.

— Seria, talvez — indagou o conde —, um de meus primos d'Andelle?

— Não se trata desses cavalheiros.

— Então da sra. de Réal?

— Sim.

A condessa exclamou, estupefata:

— O senhor está acusando minha amiga, a sra. de Réal?

— Uma simples questão, senhora — respondeu Ganimard. — A sra. de Réal estava assistindo ao leilão do diamante azul?

— Sim, mas em seu canto. Não estávamos juntas.

— Ela a incentivou a comprar o anel?

A condessa vasculhou suas memórias.

— Sim... na verdade... creio que tenha sido ela a primeira a me falar dele.

— Anoto sua resposta, senhora. Fica estabelecido que foi a sra. de Réal que lhe falou, pela primeira vez, desse anel e que a estimulou a comprá-lo.

— No entanto... minha amiga é incapaz...

— Perdão, perdão, a sra. de Réal é apenas uma amiga ocasional da senhora, e não uma amiga íntima, como os jornais afirmaram, o que a afastou das suspeitas. A senhora só a conheceu no último inverno. Ora, sinto-me capaz de demonstrar que tudo o que a sra. de Réal lhe contou a respeito dela, sobre seu passado, suas relações, é absolutamente falso, que a sra. Blanche de Réal não existia antes de tê-la conhecido, e que ela não existe mais no presente momento.

— E então?

— Então? — fez Ganimard.

— Sim, toda essa história é muito estranha, mas como ela se aplica ao nosso caso? Se for verdade que a sra. de Réal tenha pegado o anel, o que, de modo algum, está comprovado, por que ela o escondeu no pó de dentifrício do sr. Bleichen? Que diabo! Quando nos damos ao trabalho de roubar o diamante azul, nós o guardamos. O que o senhor diz disso?

— Eu, nada, mas a sra. de Réal terá algo a dizer.

— Ela existe, então?

— Existe... sem existir. Em poucas palavras, ouçam-me. Há três dias, no jornal que leio diariamente, vi, encabeçando a lista dos estrangeiros em Trouville, "Hotel Beaurivage: sra. de Réal etc". Compreendam que, naquela mesma noite, eu cheguei a Trouville e interroguei o diretor do Beaurivage. A partir de algumas descrições e indícios que colhi, essa sra. de Réal era exatamente a pessoa por quem eu procurava, mas ela já tinha saído do hotel, deixando, como seu endereço em Paris, o número 3 da rua du Colisée. Anteontem fui a esse endereço e descobri que lá não havia nenhuma sra. de Réal, apenas uma senhora Réal, que morava no segundo andar, exercia o ofício de intermediária de diamantes e que se ausentava com frequência. Ainda na véspera ela havia chegado de viagem. Ontem bati à sua porta e lhe ofereci, sob um falso nome, meus serviços como intermediário de pessoas em situação de adquirir pedras de valor. Hoje nós temos aqui um encontro para o primeiro negócio.

— Ora! O senhor a espera?

— Às cinco e meia.

— E está certo...

— De que é a sra. de Réal do castelo de Crozon? Tenho provas irrefutáveis. Mas... escutem... o sinal de Folenfant...

Um apito soou, e Ganimard se levantou rapidamente.

— Não há tempo a perder. Sr. e sra. de Crozon, queiram passar à sala vizinha. O senhor também, sr. d'Hautrec... e o sr. Gerbois... a porta permanecerá aberta, e, ao primeiro sinal, pedirei que intervenham. Fique, chefe, por favor.

— E se chegarem outras pessoas? — observou o sr. Dudouis.

— Não. Este estabelecimento é novo, e o proprietário, que é um de meus amigos, não deixará subir uma alma viva sequer... a não ser a mulher loira.

— A mulher loira? O que quer dizer?

— Ela mesma, a mulher loira, chefe, a cúmplice e amiga de Arsène Lupin, a misteriosa mulher loira, contra quem tenho provas certeiras, mas contra quem quero, além disso, e diante do senhor, reunir os depoimentos de todos aqueles que ela depenou.

Ganimard se inclinou na janela.

— Ela se aproxima... entra... não tem mais como escapar: Folenfant e Dieuzy vigiam a porta... A mulher loira é nossa, chefe!

Quase ao mesmo tempo, uma mulher se deteve na entrada, alta, magra, o rosto muito pálido e os cabelos de um dourado violento.

Uma emoção tal sufocou Ganimard que ele ficou mudo, incapaz de articular qualquer palavra. Ela estava ali, diante dele, à sua disposição!

Que vitória sobre Arsène Lupin! Que revanche! E, ao mesmo tempo, essa vitória lhe pareceu acontecer com tanta facilidade, que se perguntou se a mulher loira não iria escapar de seus dedos graças a algum daqueles milagres costumeiros de Lupin.

Enquanto isso, ela esperava, surpresa com esse silêncio, e olhava ao redor sem dissimular sua inquietude.

"Ela vai partir! Vai desaparecer!", pensou Ganimard, apavorado.

Bruscamente, colocou-se entre ela e a porta. A mulher se virou e quis sair.

— Não, não — fez ele —, por que quer ir embora?

— Mas, enfim, senhor, não compreendo suas atitudes. Deixe-me...

— Não há motivo algum para que vá embora, senhora, e ocorre bem o contrário para que fique.

— No entanto...

— É inútil. A senhora não vai sair.

Muito pálida, ela tombou em uma cadeira e balbuciou:

— O que quer?

Ganimard havia vencido. Tinha a mulher loira. Senhor de si, falou:

— Apresento-lhe este amigo, do qual lhe falei, e que desejava comprar joias... E, sobretudo, diamantes. A senhora conseguiu arranjar aquilo que me havia prometido?

— Não... não... não sei... não me lembro.

— Mas... pense bem... uma pessoa de seu conhecimento devia lhe entregar um diamante colorido... "Algo parecido com o diamante azul", eu disse, rindo, e a senhora me respondeu: "Exatamente, pode ser que eu tenha o que quer." Lembra-se?

Ela se calou. Uma pequena bolsa que tinha à mão caiu. Pegou-a rapidamente e apertou-a contra si. Seus dedos tremiam um pouco.

— Vamos — disse Ganimard —, vejo que não confia em nós, sra. de Réal, e vou lhe dar o bom exemplo, vou lhe mostrar o que eu, de minha parte, tenho.

Sacou de sua carteira um papel, que desdobrou, e estendeu uma mecha de cabelo.

— Cá estão, primeiramente, alguns fios de cabelo de Antoinette Bréhat, arrancados pelo barão e recolhidos da mão do morto. Visitei a srta. Gerbois; ela reconheceu, positivamente, a cor dos cabelos da mulher loira... da mesma cor que os seus, por sinal... exatamente da mesma cor.

A sra. Réal o observava com um ar estúpido, e, dado que ela realmente não entendesse o sentido de suas palavras, ele continuou:

— E agora, veja aqui dois frascos de perfume, sem rótulo, é verdade, e vazios, mas ainda impregnados pelo odor, o que permitiu que a srta. Gerbois pudesse, ainda nesta manhã, distinguir neles o perfume daquela mulher loira que foi sua companheira de viagem durante duas semanas. Ora, um desses frascos provém do aposento que a sra. de Réal ocupou no castelo de Crozon, e o outro, do quarto que a senhora ocupou no hotel Beaurivage.

— O que está dizendo...? A Mulher loira... O castelo de Crozon...

Sem responder, o inspetor alinhou quatro folhas sobre a mesa.

— Enfim! — disse. — Eis, nestas quatro folhas, uma mostra da escrita de Antoinette Bréhat, uma outra da mulher que escreveu ao barão Herschmann na ocasião do leilão do diamante azul, outra da sra. de Réal, da época de sua estadia em Crozon, e a quarta... da senhora mesma... são o seu nome e o seu endereço, dados pela senhora ao porteiro do hotel Beaurivage, em Trouville. Ora, compare as quatro caligrafias. São idênticas.

— Mas o senhor está louco, cavalheiro! Está louco! O que significa tudo isso?

— Significa, senhora — exclamou Ganimard com grande agitação —, que a Mulher loira, a amiga e cúmplice de Arsène Lupin, não é outra senão a senhora.

Ele empurrou a porta do salão ao lado, apressou-se na direção do sr. Gerbois, agarrou-o pelos ombros e o lançou diante da sra. Réal:

— Sr. Gerbois, reconhece a pessoa que raptou sua filha e que o senhor viu na casa do dr. Detinan?

— Não.

Houve uma espécie de comoção cujo impacto atingiu a todos. Ganimard cambaleou.

— Não...? Será possível... Vejamos, pense bem...

— Já pensei... a senhora é loira como a mulher loira... pálida como ela... mas não se parece nem um pouco com ela.

— Não posso acreditar... um engano assim é inadmissível... sr. d'Hautrec, reconhece Antoinette Bréhat?

— Eu vi Antoinette Bréhat na casa do meu tio... Não é ela.

— E a senhora tampouco é a sra. de Réal — afirmou o conde de Crozon.

Era o golpe de misericórdia. Ganimard ficou aturdido e não mais se moveu, a cabeça baixa, os olhos fugidios. De todas as maquinações, nada restava. O edifício ruía. O sr. Dudouis se levantou.

— A senhora nos desculpe, houve uma confusão lamentável que lhe peço para esquecer. Mas o que não consigo entender é a sua perturbação... Sua atitude bizarra desde que chegou aqui.

— Meu Deus, meu senhor, eu estava com medo... Tem mais de cem mil francos em joias na minha bolsa, e as maneiras de seu amigo não eram muito tranquilizadoras.

— Mas e suas ausências frequentes...?

— Não são o que o meu trabalho exige?

O sr. Dudouis não teve o que responder. Voltou-se para seu subordinado.

— O senhor apurou suas informações com uma leviandade deplorável, Ganimard, e agora mesmo tratou a senhora da forma mais deselegante. O senhor virá se explicar no meu gabinete.

A reunião havia terminado, e o chefe da Sûreté se preparava para partir quando ocorreu um fato verdadeiramente desconcertante. A sra. Réal se aproximou do inspetor e lhe disse:

— Notei que o senhor se chama sr. Ganimard, ou estou enganada?

— Não.

— Nesse caso, esta carta deve ser para o senhor, e a recebi hoje pela manhã, com o destinatário que o senhor pode ler: "Sr. Ganimard, aos bons cuidados da sra. Réal." Pensei que fosse uma brincadeira, dado que não conhecia o senhor por tal nome, mas, sem dúvida, esse correspondente desconhecido sabia do nosso encontro.

Por uma singular intuição, Justin Ganimard chegou perto de pegar a carta e destruí-la. Não ousou fazer isso perante seu superior, e rasgou o envelope. A carta continha estas palavras que ele pronunciou com uma voz quase inaudível:

"Era uma vez uma mulher loira, um Lupin e um Ganimard. O malvado Ganimard queria fazer mal à bela mulher loira, e o bom Lupin não desejava isso. Então o bom Lupin, pretendendo que a mulher loira adentrasse a intimidade da condessa de Crozon, fez com que ela utilizasse o nome da sra. de Réal, que é o mesmo nome — ou quase — de uma honesta comerciante cujos cabelos são dourados e o rosto, pálido. E o bom Lupin pensava consigo mesmo: 'Se o malvado Ganimard um dia souber da pista da mulher loira, quão útil será obrigá-lo a se desviar para a

pista da honesta comerciante!" *Sábia precaução e que dá seus frutos. Uma pequena nota enviada ao jornal do malvado Ganimard, um frasco de perfume esquecido voluntariamente pela verdadeira mulher loira no hotel Beaurivage, o nome e o endereço da sra. Réal escritos por essa verdadeira mulher loira nos registros do hotel, e o golpe está aplicado. O que diz disso, Ganimard? Quis lhe contar a aventura em detalhes, sabendo que, com seu senso de humor, o senhor seria o primeiro a rir. De fato, ela é deliciosa, e, de minha parte, confesso ter me divertido à loucura. Ao senhor, portanto, obrigado, caro amigo, e minhas melhores lembranças ao excelente sr. Dudouis. Arsène Lupin."*

— Mas ele sabe tudo! — gemeu Ganimard, que sequer cogitou rir. — Sabe de coisas que eu não disse a ninguém. Como ele podia saber que pedi ao senhor para que viesse, chefe? Como podia saber da minha descoberta do primeiro frasco...? Como podia saber...?

Tremia, arrancava os cabelos, capturado pelo mais trágico desespero. O sr. Dudouis teve pena dele.

— Vamos, Ganimard, console-se, tentaremos fazer melhor numa próxima vez.

E o chefe da Sûreté partiu, acompanhado da sra. Réal.

Dez minutos se passaram. Ganimard lia e relia a carta de Lupin. Em um canto, o sr. e a sra. de Crozon, o sr. d'Hautrec e o sr. Gerbois conversavam animadamente. Enfim, o conde dirigiu-se ao inspetor e lhe disse:

— O resultado de tudo isso, caro senhor, é que não progredimos nada.

— Desculpe-me. A minha investigação estabeleceu que a mulher loira é a heroína indiscutível dessas aventuras, e que Lupin a orienta. É um passo enorme.

— E que não serve para nada. O problema talvez seja até mais obscuro. A mulher loira mata para roubar o diamante azul e não o rouba. Ela o rouba, e é para se desfazer dele em benefício de um outro.

— Não posso fazer nada em relação a isso.

— Certo, mas alguém mais talvez pudesse...

— O que quer dizer?

O conde hesitou, mas a condessa tomou a palavra e foi direto ao ponto:

— É um homem, apenas um depois do senhor, na minha opinião, que seria capaz de combater Lupin e de colocá-lo à sua disposição. Sr. Ganimard, seria desagradável para o senhor solicitarmos a ajuda de Herlock Sholmès?

Ele ficou desconcertado.

— Claro que não... é só que... não compreendo bem...

— Veja bem. Todos esses mistérios me irritam. Quero esclarecê-los. O sr. Gerbois e o sr. d'Hautrec têm a mesma vontade, e estamos de acordo quanto a procurar pelo célebre detetive inglês.

— Tem razão, senhora — pronunciou o inspetor com uma lealdade que não deixava de ter algum mérito —, tem razão. O velho Ganimard não tem forças para lutar contra Arsène Lupin. Herlock Sholmès conseguirá? Eu o desejo, pois tenho por ele uma grande admiração... no entanto... é pouco provável...

— É pouco provável que ele consiga?

— É a minha opinião. Considero que um duelo entre Herlock Sholmès e Arsène Lupin seja algo previamente definido. O inglês será derrotado.

— Em todo caso, ele pode contar com o senhor?

— Totalmente, senhora. Minha cooperação está assegurada sem reserva alguma.

— O senhor conhece o endereço dele?

— Sim, Parker Street, 219.

Na mesma noite, o sr. e a sra. de Crozon desistiram da queixa contra o cônsul Bleichen, e uma carta coletiva foi enviada a Herlock Sholmès.

Capítulo 3

HERLOCK SHOLMÈS INAUGURA AS HOSTILIDADES

— O que querem os cavalheiros?

— Pode escolher — respondeu Arsène Lupin, a quem esses detalhes culinários pouco interessavam. — Pode escolher, mas nem carne, nem álcool.

O garçom se afastou, desdenhoso.

Exclamei:

— Ora, ainda vegetariano?

— Cada vez mais — afirmou Lupin.

— Por gosto? Por crença? Por hábito?

— Por higiene.

— E nunca abre exceção?

— Oh! Sim... quando transito na sociedade... para não me singularizar.

Nós jantávamos nas cercanias da estação Gare du Nord, no fundo de um pequeno restaurante para o qual Arsène Lupin havia me convocado. Às vezes, ele faz isso; de tempos em tempos, manda, pela manhã, um telegrama para marcar um encontro comigo em algum canto de Paris. Ele se mostra sempre com uma verve inesgotável, feliz da vida, simples e jovial, e sempre com uma anedota imprevista, uma recordação, o relato de uma aventura que eu não conhecia.

Nessa noite, ele me pareceu ainda mais exuberante do que o habitual. Ria e conversava com singular animação e com aquela fina ironia que lhe era tão particular, ironia sem amargura, leve e espontânea. Era um prazer vê-lo assim, e não pude me abster de lhe expressar meu contentamento.

— Ah! Sim — exclamou —, tenho esses dias em que tudo me parece delicioso, em que a vida me preenche como um tesouro infinito que jamais conseguirei esgotar. E, no entanto, Deus sabe que vivo sem economizar!

— Demais, talvez.

— O tesouro é infinito, eu lhe digo! Posso me desgastar e me desperdiçar, depois lançar minhas forças e a minha juventude aos quatro ventos, é esse espaço que abro para as forças mais vivas e mais jovens... e depois, falando a verdade, a minha vida é tão bela... só me bastaria querer, não é mesmo? Tornar-me, de um dia para o outro, lá sei eu... orador, dono de usina, político... pois bem, eu lhe juro, nunca essa ideia me ocorreria! Arsène Lupin sou, Arsène Lupin permaneço. E em vão procuro na história um destino comparável ao meu, mais bem cumprido, mais intenso... Napoleão? Sim, pode ser... mas então o Napoleão do final da carreira imperial, durante a campanha da França, quando a Europa o destruía, e ele se perguntava, a cada batalha, se aquela não seria a última que travava.

Será que falava sério? Ou brincava? O tom de sua voz se intensificou, e ele continuou:

— Veja, está tudo aí, no perigo! Na impressão ininterrupta do perigo! Respirá-lo como ao ar que respiramos, discerni-lo ao seu redor, bufando, rugindo, observando, aproximando-se... E, em meio à tempestade, ficar calmo... sem vacilar...! Ou você estará perdido... só existe uma sensação que se equivale a isso, a do piloto em uma corrida automobilística! Mas essa corrida dura uma manhã, e essa minha corrida dura a vida inteira!

— Que lirismo! — exclamei. — E quer me fazer acreditar que não há um motivo particular para tamanha animação!

Ele sorriu.

— Muito bem, você é um bom psicólogo. De fato, há outra coisa.

Ele se serviu um grande copo de água gelada, bebeu-a e me disse:

— Você leu o *Le Temps* de hoje?

— Ora, não.

— Herlock Sholmès atravessou a Mancha nesta tarde e chegou perto das seis horas.

— Diabo! E por quê?

— Uma pequena viagem oferecida a ele pelos Crozon, pelo sobrinho d'Hautrec e pelo Gerbois. Eles se encontraram na estação Gare du Nord e, de lá, juntaram-se a Ganimard. Neste momento, estão os seis juntos.

Jamais, apesar da formidável curiosidade que ele me inspira, permito-me interrogar Arsène Lupin sobre os atos de sua vida privada antes que ele mesmo os tenha abordado. Há, de minha parte, uma questão de discrição sobre a qual nunca transijo. Além do mais, até esse momento, seu nome ainda não havia sido associado, pelo menos não oficialmente, ao assunto do diamante azul. Então, esperei. Ele prosseguiu:

— O *Le Temps* publicou também uma entrevista com o excelente Ganimard, segundo a qual uma certa mulher loira, que seria minha amiga, teria assassinado o barão d'Hautrec e tentado subtrair da sra. de Crozon o famoso anel. E, claro, ele me acusa de ser o organizador desses grandes crimes.

Um ligeiro calafrio me agitou. Seria verdade? Devia eu acreditar que o hábito do roubo, seu estilo de vida, até mesmo a lógica dos acontecimentos, teriam levado esse homem ao crime? Eu o observei. Parecia tão calmo, seus olhos me observavam com tanta franqueza!

Examinei suas mãos: eram modeladas com infinita delicadeza, mãos realmente inofensivas, mãos de artista...

— Ganimard é um alucinado — murmurei.

Ele protestou:

— Não, claro que não, Ganimard tem refinamento... às vezes, tem até inteligência.

— Inteligência!

— Sim, sim. Por exemplo, essa entrevista é um golpe de mestre. Primeiramente, ele anuncia a chegada de seu rival inglês para me deixar alerta e tornar a tarefa do outro mais difícil. Em segundo lugar, ele determina o ponto exato até onde conduziu o caso, para que Sholmès possa ter o benefício de suas próprias descobertas. É uma boa guerra.

— Seja como for, agora você tem dois adversários nos braços; e que adversários!

— Oh! Um deles não conta.
— E o outro?
— Sholmès? Oh! Admito que esse esteja à altura. Mas é justamente o que me apaixona, e é por isso que você me vê com um humor tão alegre. Para começar, a questão do amor-próprio: julgam não ser exagerado convocar o famoso inglês para acabar comigo. Depois, pense no prazer que deve experimentar um lutador da minha espécie diante da ideia de um duelo contra Herlock Sholmès. Enfim! Serei obrigado a me empenhar profundamente! Porque eu o conheço, aquele bom homem, ele não recuará um único passo.
— Ele é forte.
— Muito forte. Como policial, creio que jamais tenha existido ou exista alguém parecido. Tenho apenas uma vantagem: ele ataca, e eu me defendo. Meu papel é mais fácil. Além disso...

Ele sorriu imperceptivelmente e concluiu a frase:
— Além disso, conheço a forma como ele combate, e ele não conhece a minha. E tenho alguns golpes secretos que lhe darão o que pensar...

Ele tamborilava na mesa com breves golpes do dedo e soltava pequenas frases com um ar radiante.

— Arsène Lupin contra Herlock Sholmès... A França contra a Inglaterra... finalmente Trafalgar será vingada...! Ah! O infeliz... ele sequer imagina que eu esteja preparado... e um Lupin prevenido... — ele se interrompeu subitamente, atingido por um ataque de tosse, e escondeu o rosto com o guardanapo, como alguém que se engasgou.

— Uma migalha de pão? — perguntei. — Beba um pouco de água.

— Não, não é isso — disse com uma voz sufocada.

— Então... o quê?

— Preciso de ar.

— Quer que abram a janela?

— Não, vou sair... rápido, dê-me o paletó e o chapéu, vou zarpar...

— Hein? Mas o que é isso...?

— Esses dois senhores que acabam de entrar... você vê o mais alto... pois bem, ao sair, caminhe à minha esquerda, de modo que ele não consiga me ver.

— Esse que se senta atrás de você?

— O próprio... por razões pessoais, prefiro... lá fora eu lhe explicarei...

— Mas quem é, então?

— Herlock Sholmès.

Ele fez um violento esforço para se controlar, como se tivesse vergonha de sua agitação, largou o guardanapo, engoliu um copo de água e me disse, sorrindo, totalmente recomposto:

— É engraçado, não? Não me abalo facilmente, mas essa visão imprevista...

— O que você teme, dado que ninguém pode reconhecê-lo, depois de todas as suas transformações? Eu mesmo, a cada vez que o encontro, imagino estar diante de um novo indivíduo.

— Ele me reconhecerá — disse Arsène Lupin. — Só me viu uma vez, mas senti como se ele tivesse me visto pela vida inteira, e que ele via não a minha aparência sempre mutável, mas, na verdade, o ser que sou... e depois... e depois... eu não esperava por isso, ora...! Que encontro singular... neste pequeno restaurante...

— E então — eu disse —, vamos embora?

— Não... não...

— O que vai fazer?

— O melhor seria agir com franqueza... de me dirigir a ele...

— Você pensa nisso?

— Claro que penso... além do quê, eu teria a vantagem de interrogá-lo, de saber o que ele sabe... ah! Veja, tenho a impressão de que seus olhos estão na minha nuca, em meus ombros, e de que ele se lembra...

Refletiu. Vislumbrei um sorriso de malícia no canto de seus lábios, depois, creio que obedecendo a um capricho de sua natureza impulsiva ainda mais do que às necessidades da situação, ele se levantou bruscamente, deu meia volta e inclinou-se, muito jovial:

— Mas que coincidência! É realmente muita sorte... permita-me lhe apresentar um de meus amigos...

Por um segundo ou dois, o inglês ficou desconcertado, pois fez um movimento instintivo, pronto para se lançar sobre Arsène Lupin. Este acenou com a cabeça:

— O senhor estaria equivocado... sem contar que o gesto não seria bonito... e realmente inútil!

O inglês se virou para a direita e a esquerda, como se procurasse auxílio.

— Isso também não — disse Lupin. — Aliás, o senhor está certo de que tem autorização para me capturar? Vamos, porte-se como um bom jogador.

Portar-se como bom jogador, na ocasião, não era muito tentador. Mesmo assim, é provável ter sido esse o partido que pareceu melhor ao inglês, porque ele se levantou um pouco e se apresentou friamente:

— O senhor Wilson, meu amigo e colaborador.

— O senhor Arsène Lupin.

O estupor de Wilson provocou gargalhadas. Seus olhos encarquilhados e sua grande boca aberta riscavam dois traços em seu rosto rosado, com a pele reluzente e tensa como uma maçã, ao redor do qual o cabelo escovinha e uma barba curta estavam plantados como feixes de capim, duros e vigorosos.

— Wilson, você não é capaz de esconder o suficiente sua perplexidade diante dos acontecimentos mais naturais desse mundo — brincou Herlock Sholmès com toques de zombaria.

Wilson balbuciou:

— Por que não o detém?

— Você ainda não reparou, Wilson, que esse cavalheiro está entre a porta e eu, e a dois passos da porta. Eu nem teria tempo de mover o mindinho, e ele já estaria lá fora.

— Não seja por isso — disse Lupin.

Deu a volta na mesa e se sentou de modo que o inglês ficasse entre a porta e ele. Era se colocar à disposição de Sholmès.

Wilson olhou o inglês para saber se tinha direito de admirar aquele rompante de audácia. Sholmès continuou impenetrável. Mas, ao final de um instante, chamou:

— Garçom!

O garçom veio correndo. Sholmès pediu:

— Refrescos, cerveja e uísque.

A paz estava assinada... até segunda ordem. Logo depois, nós quatro nos sentamos à mesma mesa, conversando tranquilamente.

Herlock Sholmès é um homem... como os que encontramos todos os dias. Com uns cinquenta anos de idade, parece um burguês resoluto que teria passado a vida diante de uma mesa, rodeado por livros de contabilidade. Nada o distingue de um honesto cidadão de Londres, nem suas suíças avermelhadas, nem seu queixo barbeado, nem seu aspecto um tanto pesado — nada, com a exceção de seus olhos terrivelmente agudos, vivos e penetrantes.

Afinal, trata-se de Herlock Sholmès, ou seja, uma espécie de fenômeno de intuição, observação, lucidez e engenhosidade. É como se a natureza tivesse se divertido ao pegar os dois tipos de detetives mais extraordinários que a imaginação produziu, o Dupin, de Edgar Poe, e o Lecoq, de Gaboriau, para criar um terceiro à sua maneira, ainda mais extraordinário e irreal. E, com efeito, nos perguntamos, quando ouvimos os relatos dos casos que o tornaram célebre em todo o universo, perguntamo-nos se ele próprio, esse Herlock Sholmès, não é um personagem lendário, um herói nascido do cérebro de um grande romancista, de um Conan Doyle, por exemplo.

Rapidamente, posto que Arsène Lupin lhe indagava sobre a duração da estadia, ele recolocou a conversa nos trilhos verdadeiros.

— Minha estadia depende do senhor, sr. Lupin.

— Oh! — exclamou o outro rindo. — Se dependesse de mim, eu lhe pediria para que embarcasse novamente em seu paquete nesta noite.

— Esta noite é um pouco cedo, mas espero que dentro de oito ou dez dias...

— O senhor tem tanta pressa assim?

— Tenho muitas coisas em andamento, o assalto ao Banco Anglo-Chinês, o rapto de Lady Eccleston... vejamos, sr. Lupin, acredita que uma semana será suficiente?

— Tranquilamente, caso o senhor trate do duplo caso do diamante azul. É, ademais, o intervalo de tempo de que preciso para tomar minhas precauções, caso a solução dessa dupla ocorrência lhe dê sobre mim vantagens perigosas para a minha segurança.

— Acontece — disse o inglês — que considero efetivamente obter essas vantagens no espaço de oito a dez dias.

— E fazer com que me prendam no décimo primeiro, talvez?

— No décimo, último limite.

Lupin refletiu e, com um aceno de cabeça, disse:

— Difícil... difícil...

— Difícil, sim, mas possível; donde, uma certeza...

— Certeza absoluta — disse Wilson, como se ele próprio houvesse distinguido claramente a extensa sequência de operações que conduziria seu colaborador ao resultado anunciado.

Herlock Sholmès sorriu:

— Wilson, que sabe das coisas, está aqui para confirmá-lo.

E prosseguiu:

— Evidentemente não tenho todos os trunfos nas mãos, posto que se trata de casos já ocorridos vários meses atrás. Faltam-me elementos, os indícios nos quais tenho o costume de sustentar minhas investigações.

— Como as manchas de lama e as cinzas de cigarro — articulou Wilson com ar solene.

— Mas, além das notáveis conclusões do sr. Ganimard, tenho à minha disposição todos os artigos escritos sobre o tema, todos os pontos de vista coletados e, em consequência disso, algumas ideias particulares sobre o caso.

— Algumas opiniões que nos foram sugeridas seja por análise, seja por hipótese — acrescentou Wilson sentenciosamente.

— Seria indiscreto — indagou Arsène Lupin naquele tom respeitoso que empregava ao falar com Sholmès —, seria indiscreto lhe perguntar a opinião geral que chegou a formar?

Realmente era a coisa mais apaixonante ver esses dois homens na presença um do outro, os cotovelos sobre a mesa, debatendo com gravidade e calma, como se tivessem que resolver um problema árduo, ou como se tivessem que chegar a um consenso sobre um ponto de controvérsia. Era também de uma ironia superior, da qual os dois se aproveitavam profundamente, como diletantes e artistas. Wilson, por sua vez, regalava-se.

Herlock encheu lentamente seu cachimbo, acendeu-o e exprimiu-se da seguinte forma:

— Estimo que esse caso seja infinitamente menos complexo do que parece à primeira vista.

— Muito menos, de fato — disse Wilson, eco fiel.

— Digo o caso, porque, para mim, só existe um. A morte do barão d'Hautrec, a história do anel e, não nos esqueçamos, o mistério do número 514 — série 23 são apenas diversas faces daquilo que poderíamos chamar de o enigma da Mulher loira. Ora, a meu ver, trata-se apenas de descobrir o elo que reúne esses três episódios na mesma história, o fato que prova a unidade dos três métodos. Ganimard, cujo julgamento é um pouco superficial, enxerga essa unidade na faculdade do desaparecimento, no poder de ir e vir, permanecendo invisível. Essa intervenção do milagre não me satisfaz.

— E então?

— Então, para mim — anunciou Sholmès com clareza —, a marca dessas três aventuras é o seu desejo manifesto, evidente, ainda que não percebido até aqui, de conduzir o caso até o terreno previamente escolhido pelo senhor. Há, de sua parte, mais do que um plano, uma necessidade, uma condição *sine qua non* para o êxito.

— Poderia entrar em alguns detalhes?

— Facilmente. Por exemplo, desde o começo do seu conflito com o sr. Gerbois, não é evidente que o apartamento do dr. Detinan tenha sido o local escolhido pelo senhor, o local inevitável onde deve ocorrer a reunião?

Não há outro que lhe pareça mais seguro, a tal ponto que nele o senhor marcou o encontro, publicamente, poderíamos dizer, entre a Mulher loira e a srta. Gerbois.

— A filha do professor — explicou Wilson.

— Agora, falemos do diamante azul. Teria o senhor tentado se apropriar dele desde que o barão d'Hautrec o detinha? Não. Mas o barão apropriou-se do palacete de seu irmão; seis meses depois, intervenção de Antoinette Bréhat e primeira tentativa. O diamante lhe escapa, e o leilão se organiza com grande estrépito na casa Drouot. Será limpo, esse leilão? Será que o comprador mais rico tem segurança de adquirir a joia? De jeito nenhum. No momento em que o banqueiro Herschmann vai arrematá-lo, uma mulher faz chegar a ele uma carta com ameaças, e é a condessa de Crozon, preparada, influenciada por essa mesma mulher, que adquire o diamante. Ele vai desaparecer imediatamente? Não: os meios lhe faltam. Então, um intervalo. Mas a condessa se instala em seu castelo. É o que o senhor esperava. O anel desaparece.

— Para reaparecer no pó dentifrício do cônsul Bleichen, bizarra anomalia — objetou Lupin.

— Ora, vamos — exclamou Herlock, batendo na mesa com o punho —, não é a mim que deve contar esses absurdos. Que os imbecis se deixem enganar, tudo bem, mas não a velha raposa que sou.

— O que quer dizer que...

— O que quer dizer...

Sholmès parou por um momento, como se quisesse fracionar seu efeito. Finalmente formulou:

— O diamante azul, que foi descoberto no pó dentifrício, é um diamante falso. O verdadeiro está com o senhor.

Arsène Lupin permaneceu silencioso por um instante e, depois, os olhos fixos no inglês, disse apenas:

— O senhor é um homem rude, cavalheiro.

— Um homem rude, não é? — sublinhou Wilson, pasmo de admiração.

— Sim — afirmou Lupin —, tudo se esclarece, tudo adquire seu verdadeiro sentido. Nenhum dos juízes de investigação, nenhum dos repórteres especiais que se entranharam nesses casos chegou tão longe na direção da verdade. É um milagre da intuição e da lógica.

— Ora! — fez o inglês, lisonjeado com a homenagem de um tal conhecedor. — Bastava refletir.

— Bastava saber refletir, e tão poucos o sabem! Mas agora que o campo das suposições se estreitou e que o terreno foi aplanado...

— Agora, só tenho que descobrir por que as três aventuras tiveram seus desfechos no número 25 da rua Clapeyron, no 134 da avenida Henri-Martin e entre os muros do castelo de Crozon. Todo o caso está aí. O restante só são bobagens e charadas para crianças. Não é sua opinião?

— É minha opinião.

— Neste caso, sr. Lupin, estaria eu equivocado ao repetir que, em dez dias, a minha missão estará cumprida?

— Em dez dias, sim, o senhor conhecerá toda a verdade.

— E o senhor será preso.

— Não.

— Não?

— Para que eu seja preso, é necessário um conjunto de circunstâncias tão improvável, uma série de acasos adversos tão surpreendente, que não admito essa eventualidade.

— Aquilo que não podem nem as circunstâncias nem os acasos adversos, a vontade e a obstinação de um homem poderão, sr. Lupin.

— Desde que a vontade e a obstinação de um outro homem não oponham a esse desígnio um obstáculo invencível, sr. Sholmès.

— Não existe obstáculo invencível, sr. Lupin.

O olhar que trocaram foi profundo, sem provocação de uma ou de outra parte, mas calmo e audaz. Era o entrechoque de duas espadas que iniciam o duelo. Isso soou claro e franco.

— É bom assim — exclamou Lupin. — Eis alguém! Um adversário, mas é o pássaro raro, e é Herlock Sholmès! Vamos nos divertir.

— O senhor não tem medo? — perguntou Wilson.

— Quase, senhor Wilson, e a prova — disse Lupin, levantando-se — é que vou acelerar minha disposição de me retirar... sem a qual eu arriscaria ser capturado na toca. Combinamos, então, dez dias, sr. Sholmès?

— Dez dias. Estamos no domingo. Oito dias depois de quarta-feira, tudo terá acabado.

— E eu estarei atrás das grades?

— Sem a menor dúvida.

— Droga! Eu, tão contente com a minha vida pacata. Sem incômodos, um bom fluxo de negócios, a polícia vivendo o inferno e a impressão reconfortante da simpatia universal que me envolve... Será necessário mudar tudo isso! Enfim, é o outro lado da moeda... depois da bonança, a tempestade... não é mais momento de rir. Adeus...

— Apresse-se — disse Wilson, cheio de solicitude para um indivíduo no qual Sholmès inspirava uma consideração invisível —, não perca um só minuto.

— Nenhum minuto, sr. Wilson, apenas o tempo de lhes dizer o quão feliz estou com esse encontro e o quanto invejo o mestre de ter um colaborador assim tão precioso como o senhor.

Saudaram-se cortesmente, como, no território de combate, dois adversários que não compartilham ódio algum, mas a quem o destino obriga a se enfrentarem sem piedade. E, pegando-me pelo braço, Lupin me levou para fora.

— O que me diz, meu caro? Eis uma refeição cujos incidentes terão ótimo efeito nas memórias que prepara sobre mim.

Fechou a porta do restaurante e, parando alguns passos adiante, perguntou:

— Você fuma?

— Não, mas você tampouco, me parece.

— Eu tampouco.

Acendeu um cigarro com um fósforo de cera, que agitou várias vezes para apagar. Mas, assim que jogou o cigarro, atravessou correndo a rua e se juntou a dois homens que acabavam de sair das sombras, como se chamados por um sinal. Conversou com eles por alguns minutos na calçada oposta, depois voltou a mim.

— Peço-lhe perdão, esse demônio Sholmès vai me dar trabalho. Mas juro que ele não acabou com Lupin ainda... ah, o canalha, mas ele verá que sou jogo duro... até logo... o inefável Wilson está certo, não tenho um minuto a perder.

Afastou-se rapidamente.

Assim terminou a estranha noite, ao menos a parte da noite com a qual estive envolvido. Porque, nas horas que seguiram, ocorreram outros eventos que as confidências dos demais convivas desse jantar felizmente me permitiram reconstituir em detalhes.

No mesmo instante em que Lupin me deixava, Herlock Sholmès, por sua vez, consultava o relógio e se levantava.

— Vinte para as nove. Às nove preciso encontrar o conde e a condessa na estação.

— A caminho! — exclamou Wilson, engolindo, de uma vez só, dois copos de uísque.

— Wilson, não mexa a cabeça... talvez estejamos sendo seguidos; nesse caso, vamos agir como se não nos importássemos... então, Wilson, dê-me sua opinião: por que Lupin estava no restaurante?

Wilson não pestanejou.

— Para comer.

— Wilson, quanto mais trabalhamos juntos, mais eu percebo a continuidade do seu progresso. Palavra, você está se tornando surpreendente.

Na sombra, Wilson enrubesceu de prazer, e Sholmès continuou:

— Para comer, que seja, mas também muito provavelmente para se assegurar de que vou a Crozon, conforme afirmou Ganimard na entrevista. Irei, então, para não contrariá-lo. Mas como o negócio é ganhar tempo sobre ele, não irei.

— Ah! — disse Wilson, pego de surpresa.

— Você, meu amigo, zarpe por essa rua, pegue um coche, dois, três coches. Volte mais tarde para pegar as malas que deixamos no guarda-volumes e, a galope, vá até o Élysée-Palace.

— E no Élysée-Palace?

— Você pedirá um quarto no qual ficará, no qual dormirá com os punhos cerrados, e esperará as minhas instruções.

Wilson, todo orgulhoso do papel importante que lhe fora designado, partiu. Herlock Sholmès pegou seu bilhete e se dirigiu ao expresso para Amiens, onde o conde e a condessa já estavam acomodados.

Limitou-se a cumprimentá-los, acendeu outro cachimbo e fumou tranquilamente, de pé no corredor.

O trem sacudiu. Ao cabo de dez minutos, ele foi se sentar perto da condessa e lhe disse:

— Está com o anel, senhora?

— Sim.

— Faça a gentileza de me emprestá-lo.

Ele o pegou e examinou.

— Exatamente o que eu pensava, um diamante reconstituído.

— Diamante reconstituído?

— Um novo procedimento que consiste em submeter a poeira de diamante a uma temperatura altíssima, de modo a reduzi-la em fusão... para, depois, reconstituí-la em uma única pedra.

— Como?! Mas meu diamante é verdadeiro.

— O seu, sim, mas este não é o seu.

— Então, onde está o meu?

— Nas mãos de Arsène Lupin.

— E este aqui?

— Este substituiu o seu e foi deslizado no frasco do sr. Bleichen, onde o encontrou.

— Então, ele é falso?

— Absolutamente falso.

Atônita, desorientada, a condessa se calou, enquanto seu marido, incrédulo, virava e revirava a joia de todas as maneiras. Ela acabou balbuciando:

— Será possível? Mas por que não o roubaram pura e simplesmente? E como o pegaram?

— É exatamente isso que vou me empenhar em esclarecer.

— No castelo de Crozon?

— Não, desço em Creil e volto a Paris. É lá que a partida deve ser jogada, entre mim e Arsène Lupin. As investidas valerão em qualquer lugar, mas é preferível que Lupin acredite que eu esteja viajando.

— No entanto...

— O que lhe importa, senhora? O essencial é seu diamante, não?

— Sim.

— Então, fique tranquila. Assumi faz pouco tempo um compromisso muito mais difícil de se cumprir. Palavra de Herlock Sholmès, vou lhe devolver o verdadeiro diamante.

O trem desacelerava. Ele colocou o falso diamante no bolso e abriu a portinhola do vagão. O conde exclamou:

— Mas o senhor está descendo no sentido errado!

— Dessa forma, se Lupin fez com que me vigiassem, vão perder meu rastro. Adeus.

Um funcionário protestou em vão. O inglês se dirigiu ao escritório do chefe da estação. Cinquenta minutos depois, entrava em um trem que o conduziria de volta a Paris um pouco antes da meia-noite.

Lá, ele atravessou correndo a estação, entrou na área de alimentação, saiu por outra porta e se projetou dentro de um fiacre.

— Cocheiro, rua Clapeyron.

Tendo se certificado de que não era seguido, fez o coche parar no começo da rua e se dedicou a um exame minucioso do prédio do dr. Detinan e dos edifícios vizinhos. Com o auxílio de passadas iguais, media algumas distâncias e escrevia notas e algarismos em sua caderneta.

— Cocheiro, avenida Henri-Martin.

Na esquina da avenida com a rua de la Pompe, pagou a corrida, seguiu pela calçada até o número 134 e recomeçou as operações diante do antigo palacete do barão d'Hautrec e dos dois imóveis laterais, medindo a largura das respectivas fachadas e calculando a profundidade dos pequenos jardins que as precedem.

A avenida estava deserta e muito escura sob as quatro fileiras de árvores entre as quais, aqui e ali, um poste a gás parecia lutar inutilmente contra a espessura das trevas. Um deles lançava uma luz pálida sobre uma parte do palacete, e Sholmès viu a tabuleta "Aluga-se" suspensa na grade, as duas aleias descuidadas que cercavam o pequeno gramado e as amplas janelas vazias da casa desabitada.

— É verdade — disse a si mesmo —, desde a morte do barão, não há locatários... ah! Se eu pudesse entrar e fazer uma primeira visita!

Bastou que a ideia florescesse para ele desejar colocá-la em prática. Mas como? Dado que a altura da grade inviabilizava qualquer tentativa de escalá-la, ele tirou do bolso uma lanterna elétrica e uma chave-mestra da qual nunca se separava. Para seu grande espanto, deu-se conta de que um dos batentes estava entreaberto. Deslizou, então, para o jardim, tendo o cuidado de não fechar o batente. Mas sequer dera três passos, parou: em uma das janelas do segundo andar, havia uma luz se movimentando.

E a luz repassou a uma segunda janela, e a uma terceira, sem que ele pudesse ver outra coisa senão uma silhueta que perfilava nas paredes dos quartos. E, do segundo andar, a luz desceu ao primeiro e, por bastante tempo, perambulou de cômodo em cômodo.

— Diabo, quem é capaz de passear à uma hora da manhã na casa em que o barão d'Hautrec foi assassinado? — indagou-se Herlock, prodigiosamente interessado.

Só havia uma forma de descobrir, e era adentrar ele mesmo a casa. Não hesitou. Mas, no momento em que cruzava a faixa iluminada pelo poste a gás para chegar aos degraus da entrada, o homem deve tê-lo percebido, porque a luz se apagou subitamente, e Herlock Sholmès não mais o viu.

Suavemente, empurrou a porta da entrada. Estava igualmente aberta. Sem ouvir qualquer ruído, arriscou-se na obscuridade, encontrou o início do corrimão e subiu um andar. E sempre o mesmo silêncio, as mesmas trevas.

Quando chegou ao patamar da escada, entrou em um cômodo e se aproximou da janela que filtrava um pouco a luz noturna. Então viu, do lado de fora, o homem que, tendo descido sem dúvida por outra escada e saído por outra porta, esgueirava-se à esquerda, ao longo dos arbustos que acompanham o muro entre os dois jardins.

— Maldição — exclamou Sholmès —, ele vai escapar!

Disparou pelas escadas e passou pela entrada a fim de lhe bloquear qualquer retirada. Mas não viu ninguém, e levou alguns segundos para distinguir, nas folhas dos arbustos, uma massa mais escura que não estava totalmente imóvel.

O inglês refletiu. Por que o indivíduo não havia tentado fugir quando pôde fazê-lo com tranquilidade? Teria ficado para vigiar, por sua vez, o intruso que havia perturbado sua misteriosa tarefa?

"Em todo caso", pensou "não é Lupin, Lupin seria mais cuidadoso. É alguém de seu bando."

Longos minutos se passaram. Herlock não se movia, os olhos fixos no adversário que o espiava. Mas, como esse adversário tampouco se movia, e como o inglês não era um homem dado a mergulhar na apatia, Sholmès verificou se o tambor de seu revólver funcionava, desembainhou seu punhal e caminhou diretamente rumo ao inimigo com a fria audácia e o desdém pelo perigo que o tornam tão admirável.

Um ruído seco; o indivíduo engatilhava seu revólver. Herlock se lançou bruscamente sobre a massa de folhas. O outro não teve tempo de se virar: o inglês já estava sobre ele. Houve uma luta violenta, desesperada, durante a qual Herlock percebeu o esforço do homem para puxar sua faca. Mas Sholmès, estimulado pela ideia de sua vitória iminente e pelo desejo louco de subjugar, desde o primeiro momento, esse cúmplice de Arsène Lupin, sentia em si forças irresistíveis. Derrubou seu adversário, pressionou-o com todo o seu peso e, imobilizando-o com os cinco dedos agarrados à garganta do infeliz, como as garras de um animal, com a mão livre procurou pela lanterna elétrica, apertou o botão e projetou a luz no rosto de seu prisioneiro.

— Wilson! — gritou, petrificado.

— Herlock Sholmès — balbuciou uma voz estrangulada, cavernosa.

Permaneceram, por muito tempo, um diante do outro sem trocar palavra, ambos exaustos, a mente vazia.

A buzina de um automóvel rasgou o ar. Um vento suave agitou as folhas. E Sholmès não se mexia, os cinco dedos ainda agarrados à garganta de Wilson, que exalava um estertor cada vez mais frágil.

E, de repente, Herlock, invadido pela cólera, soltou seu amigo, apenas para segurá-lo pelos ombros e o sacudir freneticamente.

— O que faz aqui? Responda... O quê...? Por acaso eu lhe disse para se esconder nos arbustos e me espionar?

— Espioná-lo... — gemeu Wilson —, mas não sabia que era você.

— Então o quê? O que faz aqui? Você devia estar deitado.

— Eu me deitei.

— Devia estar dormindo!

— Eu dormi.

— Não devia ter acordado!

— Sua carta...

— Minha carta...?

— Sim, aquela que um mensageiro me entregou de sua parte no hotel...

— De minha parte? Está louco?

— Eu lhe juro.

— Onde está essa carta?

Seu amigo lhe deu uma folha de papel. À claridade de sua lanterna, leu com estupor:

> *"Wilson, saia da cama e corra até a avenida Henri--Martin. A casa está vazia. Entre, inspecione, elabore uma planta precisa e volte para dormir. Herlock Sholmès."*

— Eu estava medindo os cômodos — disse Wilson — quando percebi uma sombra no jardim. Só uma ideia me passou pela cabeça...

— A de agarrar a sombra... a ideia era excelente... mas veja — disse Sholmès, auxiliando seu companheiro a se levantar e empurrando-o —, na próxima vez, Wilson, quando receber uma carta de minha parte, certifique-se antes de que minha letra não foi imitada.

— Mas, então — disse Wilson, começando a entrever a verdade —, a carta não é sua?

— Ai de mim! Não.

— De quem é?

— De Arsène Lupin.

— Mas com qual objetivo ele a escreveu?

— Ah! Isso não sei dizer, e é justamente o que me inquieta. Por que diabos ele se deu ao trabalho de incomodá-lo? Ainda se se tratasse de mim, eu entenderia, mas trata-se apenas de você. E me pergunto qual interesse...

— Tenho pressa de voltar ao hotel.

— Eu também, Wilson.

Chegavam ao portão. Wilson, que estava na frente, pegou uma barra e puxou.

— Ora — disse —, você o fechou?

— Mas de jeito nenhum, deixei o batente encostado.

— E, no entanto...

Herlock tentou puxar até que, confuso, atirou-se sobre a fechadura. Uma praga escapou-lhe.

— Com mil raios... está fechada! Fechada com chave!

Sacudiu a porta com toda a sua força; depois, compreendendo a inutilidade de seus esforços, deixou tombarem os braços, desencorajado, e falou com uma voz espasmódica:

— Agora entendo tudo, é ele; ele previu que eu desceria em Creil e armou aqui uma bela de uma ratoeirazinha para o caso de eu começar minha investigação nesta mesma noite. Além disso, ele teve a gentileza de me enviar um companheiro de cativeiro. Tudo para me fazer perder um dia e, assim, sem dúvida, provar que eu faria melhor se fosse cuidar da minha própria vida.

— Quer dizer que somos seus prisioneiros.

— Você disse a palavra certa. Herlock Sholmès e Wilson são os prisioneiros de Arsène Lupin. A aventura começa de forma maravilhosa... Mas não, não, não admito...

Uma mão se deteve em seu ombro; a mão de Wilson.

— Lá em cima... olhe lá em cima... uma luz...

De fato, uma das janelas do primeiro andar estava iluminada.

Saíram ambos correndo, cada um por sua escada, e encontraram-se, ao mesmo tempo, na entrada do quarto iluminado. No meio do cômodo, ardia um restante de vela. Ao lado, havia uma cesta e, dessa cesta, emergiam o gargalo de uma garrafa, as coxas de um frango e a metade de um pão.

Sholmès teve um ataque de riso.

— Que maravilha, oferecem-nos uma ceia. Este é o palácio dos encantamentos. Um verdadeiro conto de fadas! Vamos, Wilson, não faça essa expressão de enterro. Tudo isso é muito engraçado.

— Tem certeza de que é muito engraçado? — gemeu Wilson, lúgubre.

— Se tenho certeza? — exclamou Sholmès com uma felicidade um pouco barulhenta demais para ser natural. — Quero dizer que nunca vi nada mais engraçado. É humor de qualidade... que mestre da ironia é esse Arsène Lupin... ele nos engana, mas com tanta graça... eu não trocaria meu lugar nesse banquete nem por todo o ouro do mundo... Wilson, meu velho amigo, você me magoa. Estarei enganado, ou você não tem nada daquela nobreza de espírito que ajuda a suportar o infortúnio? Do que você reclama? A essa altura você podia estar com meu punhal na garganta... ou o seu na minha... porque era exatamente isso que você procurava, mau amigo.

À força de humor e de sarcasmos, ele conseguiu reanimar o pobre Wilson e fazer com que ele engolisse uma coxa de frango e uma taça de vinho. Mas, quando a vela se apagou e tiveram que se estender sobre o assoalho para dormir e aceitar a parede como travesseiro, o lado penoso e ridículo da situação lhes veio à tona. E o sono dos dois foi triste.

Pela manhã, Wilson acordou cheio de câimbras e transido de frio. Um leve ruído atraiu sua atenção: Herlock Sholmès, de joelhos, curvado, observava com a lupa grãos de poeira e constatava marcas de giz branco, quase apagadas, que formavam algarismos, os quais ele anotava em sua caderneta. Acompanhado por Wilson, a quem esse trabalho interessava em especial, ele estudou cada cômodo e, em dois outros, detectou as mesmas marcas de giz. Notou ainda dois círculos nos painéis de carvalho, uma flecha em um lambril e quatro algarismos em quatro degraus da escada.

Ao final de uma hora, Wilson lhe disse:

— Os algarismos são exatos, não?

— Se são exatos, não tenho ideia — respondeu Herlock, para quem tais descobertas haviam devolvido o bom humor —, em todo caso, significam alguma coisa.

— Alguma coisa bem óbvia — disse Wilson —, representam o número de tacos no assoalho.

— Ah!

— Sim. Quanto aos dois círculos, indicam que os painéis são falsos, como você pode verificar, e a flecha está apontada na direção do elevador de pratos.

Herlock Sholmès o olhou, maravilhado.

— Ah, sim! Mas, meu bom amigo, como sabe de tudo isso? Sua clarividência me deixa quase envergonhado.

— Oh! É bem simples — disse Wilson, inflado de alegria —, fui eu quem fez essas marcas ontem à noite, seguindo suas instruções... ou ainda, seguindo aquelas de Lupin, já que a carta que você me endereçou é dele.

Talvez, nesse minuto, Wilson tenha corrido um perigo ainda maior do que durante a luta nos arbustos contra Sholmès. O detetive sentiu uma vontade feroz de estrangulá-lo. Dominando-se, esboçou uma careta que devia ser um sorriso e pronunciou:

— Perfeito, perfeito, eis um trabalho excelente e que nos faz avançar muito. Terá seu admirável espírito de análise e de observação sido exercido em outros pontos? Eu tiraria proveito dos resultados atingidos.

— Por Deus, não, parei aí.

— Que pena! O começo prometia. Mas, já que é assim, só nos resta ir embora.

— Ir embora! Mas como?

— Segundo o modelo habitual da gente honesta que vai embora: pela porta.

— Ela está fechada.

— Vão abri-la.

— Quem?

— Queira chamar aqueles dois *policemen* que perambulam pela avenida, por favor.

— Mas...

— Mas o quê?

— É muito humilhante... O que dirão quando souberem que você, Herlock Sholmès, e eu, Wilson, fomos feito prisioneiros de Arsène Lupin?

— O que você quer, meu caro? Vão morrer de rir — respondeu Herlock, a voz seca, o rosto contraído. — No entanto, não podemos fixar domicílio nesta casa.

— E você não vai tentar nada?

— Nada.

— Mas o homem que nos trouxe a cesta de provisões não atravessou o jardim nem ao chegar, nem ao partir. Então existe outra saída. Vamos procurá-la, e não será necessário recorrer aos agentes.

— Poderosamente sensato. Você apenas se esquece de que, nesse quesito, toda a polícia de Paris está procurando pela saída há seis meses, e eu mesmo, enquanto você dormia, revistei o palacete de cima a baixo. Ah! Meu bom Wilson, Arsène Lupin é um animal que não estamos acostumados a caçar. Ele não deixa rastro algum atrás de si.

Às onze horas, Herlock Sholmès e Wilson foram libertados... e conduzidos ao posto policial mais próximo, onde o comissário, depois de interrogá-los severamente, deixou-os ir com uma afetação totalmente irritante.

— Lamento, cavalheiros, pelo que lhes aconteceu. Haverão de ter uma triste opinião sobre a hospitalidade francesa. Meu Deus, que noite devem ter passado! Ah! Esse Lupin realmente não tem respeito.

Um coche os levou até o Elysée-Palace. Na recepção, Wilson pediu a chave de seu quarto.

Após procurar por um tempo, o funcionário respondeu, muito espantado:

— Mas, senhor, o senhor desocupou esse quarto.

— Eu? Como assim?

— Por meio de sua carta desta manhã, que seu amigo nos entregou.

— Qual amigo?

— O senhor que nos entregou sua carta... Veja, seu cartão de visita ainda está anexado nela. Aqui estão.

Wilson os pegou. De fato, era um de seus cartões de visita e, na carta, era mesmo a sua letra.

— Santo Deus — murmurou — eis outro golpe baixo.

E acrescentou ansiosamente:

— E as bagagens?

— Mas seu amigo as levou.

— Ah...! E você as deu a ele?

— Claro, já que sua carta nos autorizava.

— De fato... de fato...

Os dois saíram sem rumo pela Champs-Elysées, silenciosos e devagar. Um bonito sol de outono clareava a avenida. O ar estava ameno e leve.

Na rotunda, Herlock acendeu seu cachimbo e retomou a caminhada. Wilson exclamou:

— Não o entendo, Sholmès, você está tão calmo. Zombam de você, brincam com você como um gato brinca com um rato... e você não dá uma palavra!

Sholmès parou e disse:

— Wilson, estou pensando em seu cartão de visita.

— E então?

— E então, eis um homem que, prevendo uma possível luta contra nós, procurou por amostras da sua e da minha letra, e que possui, prontinho na carteira, um de seus cartões. Percebe o que isso representa de precaução, de vontade perspicaz, de método de organização?

— O que quer dizer que...

— O que quer dizer, Wilson, que para combater um inimigo tão formidavelmente preparado, tão maravilhosamente preparado — e para vencê-lo —, é preciso ser... é preciso ser eu. E, mesmo assim, como você vê, Wilson — acrescentou, rindo —, não vencemos no primeiro golpe.

Às seis horas, o Écho de France, em sua edição vespertina, publicou esta nota:

"Nesta manhã, o sr. Thénard, comissário de polícia do 16o arrondissement, libertou os srs. Herlock Sholmès e Wilson, trancafiados sob as artimanhas

de Arsène Lupin no palacete do finado barão d'Hautrec, onde passaram uma excelente noite.
Alijados, além disso, de suas malas, abriram uma queixa contra Arsène Lupin.
Arsène Lupin que, desta vez, limitou-se a lhes administrar uma pequena lição, roga para que não o obriguem a medidas mais graves."

— Bah! — fez Herlock Sholmès, amassando o jornal. — Que molecagem! É a única censura que faço a Lupin... um pouco moleque demais... a opinião pública conta muito para ele... Há um pivete nesse homem.

— Mesmo assim, Herlock, você continua calmo?

— Ainda continuo calmo — replicou Sholmès com um tom que denunciava a mais apavorante cólera. — Qual o sentido de me irritar? ESTOU ABSOLUTAMENTE CONVICTO DE QUE A ÚLTIMA PALAVRA SERÁ MINHA!

Capítulo 4

ALGUMA LUZ NAS TREVAS

Por mais sólido que seja o caráter de um homem — e Sholmès é uma dessas criaturas a quem a má sorte dificilmente agarra —, há, entretanto, circunstâncias nas quais mesmo o mais intrépido enfrenta a necessidade de recompor suas forças antes de encarar novamente as vicissitudes de uma batalha.

— Vou me dar folga hoje — disse.

— E eu?

— Você, Wilson, compre roupas e cuecas para recompor nosso guarda-roupas. Enquanto isso, vou repousar.

— Repouse, Sholmès. Eu vigio.

Wilson pronunciou essas duas palavras com toda a solenidade de uma sentinela posicionada nas linhas de frente e, em consequência, exposta aos piores perigos. Seu peito inflou. Seus músculos se retesaram. Com um olhar agudo, escrutou o pequeno quarto do hotel no qual escolheram se instalar.

— Vigie, Wilson. Vou aproveitar para preparar um plano de batalha mais apropriado ao adversário que temos de combater. Veja, Wilson, nós nos enganamos a respeito de Lupin. É preciso retomar as coisas desde o início.

— Ou mesmo antes, se possível. Mas nós temos esse tempo?

— Nove dias, velho camarada! São cinco a mais.

O inglês passou toda a tarde fumando e dormindo. Apenas na manhã seguinte, começou seus trabalhos.

— Estou pronto, Wilson, agora vamos caminhar.

— Caminhemos — exclamou Wilson, cheio de um ardor marcial. — De minha parte, confesso que sinto formigamentos nas pernas.

Sholmès fez três longas entrevistas — primeiramente com o dr. Detinan, cujo apartamento ele analisou nos menores detalhes; com Suzanne Gerbois, a quem ele havia telegrafado para que viesse e a quem interrogou sobre a Mulher loira; e, finalmente, com a irmã Auguste, reclusa no convento das Visitandinas desde o assassinato do barão d'Hautrec.

A cada visita, Wilson esperava do lado de fora e, a cada vez, perguntava:

— Satisfeito?

— Muito satisfeito.

— Eu tinha certeza, estamos no caminho certo. Caminhemos.

Caminharam muito. Visitaram os dois imóveis que ladeiam o palacete da avenida Henri-Martin, depois foram até a rua Clapeyron e, enquanto examinava a fachada do número 25, Sholmès prosseguiu:

— É evidente que existem passagens secretas entre todos esses edifícios... mas o que não consigo compreender...

No fundo de si, e pela primeira vez, Wilson duvidou da onipotência de seu genial colaborador. Por que falava tanto e agia tão pouco?

— Por quê?! — exclamou Sholmès, respondendo aos pensamentos íntimos de Wilson —, porque, com esse diabólico Lupin, nós trabalhamos no vazio, ao acaso, e que, no lugar de extrair a verdade de fatos precisos, nós devemos retirá-la do próprio cérebro dele para, a seguir, verificarmos se ela se adapta bem aos acontecimentos.

— Mas e as passagens secretas?

— O que têm elas? Mesmo que as descubra, mesmo que conheça aquilo que permitiu a Lupin entrar na casa de seu advogado, ou a pessoa que seguiu a Mulher loira depois do assassinato do barão d'Hautrec, será que terei avançado? Será que isso me daria alguma arma para atacá-lo?

— Ataquemos, mesmo assim — exclamou Wilson.

Mal havia dito essas palavras, recuou soltando um grito. Alguma coisa acabara de cair aos seus pés: um saco de areia cheio até a metade, que poderia tê-los ferido gravemente.

Sholmès ergueu a cabeça e olhou para cima; operários trabalhavam em um andaime preso à sacada do quinto andar.

— Muito bem! Nós estamos com sorte — exclamou —, um passo a mais e teríamos recebido na cabeça o saco de um desses desastrados. Parece até que...

Interrompeu-se, depois saltou na direção da casa, escalou os cinco andares, tocou, irrompeu no apartamento para grande espanto do camareiro, e chegou à sacada. Não havia ninguém ali.

— Os operários que estavam aqui...? — perguntou ao criado.

— Acabaram de sair.

— Por onde?

— Ora, pela escada de serviço.

— Sholmès se inclinou. Viu dois homens que saíam do prédio, suas bicicletas à mão. Subiram nos selins e desapareceram.

— Faz tempo que trabalham nesse andaime?

— Esses aí? Desde esta manhã, apenas. São novos.

Sholmès juntou-se a Wilson.

Retornaram melancolicamente ao hotel, e esse segundo dia se encerrou em um silêncio tristonho.

Na manhã seguinte, programa idêntico. Sentaram-se no mesmo banco da avenida Henri-Martin e foi, para grande desespero de Wilson, que não se divertia nem um pouco, foi uma interminável espera em frente aos três imóveis.

— O que você espera, Sholmès? Que Lupin saia dessas casas?

— Não.

— Que a Mulher loira apareça?

— Não.

— E então?

— Então, espero que um pequeno fato se produza, um fato minúsculo qualquer, que me servirá de ponto de partida.

— E se não se produzir?

— Neste caso, há de se produzir qualquer coisa em mim, uma centelha que colocará fogo na pólvora.

Um único incidente rompeu a monotonia dessa manhã, mas de maneira, acima de tudo, desagradável.

O cavalo de um senhor, que seguia pela aleia equestre situada entre as duas pistas da avenida, desgarrou-se e chocou-se contra o banco em que eles estavam sentados, de modo que sua anca resvalou no ombro de Sholmès.

— He-he! — escarneceu ele. — Um pouco mais e me teria esmagado o ombro.

O sujeito tentava controlar seu cavalo. O inglês retirou seu revólver e mirou. Mas Wilson pegou-lhe o braço agitadamente.

— Você está louco, Herlock! Ora... o que é isso...? Você vai matar esse *gentleman*!

— Solte-me, Wilson... solte-me.

Iniciou-se uma luta entre os dois, durante a qual o sujeito dominou sua montaria e a esporeou.

— Agora, pode atirar — exclamou Wilson, triunfante, quando o cavaleiro já estava a alguma distância.

— Ora, seu imbecil três vezes, não compreende que era um cúmplice de Arsène Lupin?

Sholmès tremia de raiva. Wilson, de forma lamentável, balbuciou:

— O que diz? Aquele *gentleman*...?

— Cúmplice de Lupin, assim como os operários que jogaram o saco em nossas cabeças.

— Acha isso possível?

— Possível ou não, havia aí uma forma de adquirir uma prova.

— Matando aquele *gentleman*?

— Abatendo seu cavalo, apenas isso. Se não fosse por você, eu teria um dos cúmplices de Lupin. Entende a sua besteira?

A tarde foi morosa. Não dirigiram uma palavra um ao outro. Às cinco horas, enquanto perambulavam na rua de Clapeyron, tomando o cuidado de permanecerem afastados do prédio, três jovens operários que cantavam e andavam de braços dados chocaram-se contra eles e quiseram continuar o caminho sem se soltarem. Sholmès, que estava de mau humor, resistiu. Houve um empurra-empurra. Sholmès colocou-se em posição de boxeador, desferiu um soco em um peito, um soco em um rosto e derrubou dois dos três jovens que, sem insistirem mais, afastaram-se, assim como seu companheiro.

— Ah! — exclamou o inglês — isso me faz bem... Eu estava realmente muito tenso... excelente trabalho...

Mas, ao perceber Wilson apoiado contra o muro, disse-lhe:

— O que foi? O que tem, velho camarada, você está todo pálido.

O velho camarada mostrou seu braço, que pendia inerte, e balbuciou:

— Não sei o que tenho... uma dor no braço.

— Uma dor no braço? Forte?

— Sim... sim... no braço direito...

Apesar de todos os esforços, ele não conseguia mexê-lo. Herlock o apalpou, suavemente no início, depois de maneira mais rude, "para ver", disse, "o grau exato da dor". O grau exato da dor era tão elevado que, muito inquieto, ele entrou em uma farmácia na vizinhança, onde Wilson viu-se obrigado a desmaiar.

O farmacêutico e seus auxiliares acorreram. Constatou-se que o braço estava quebrado e, subitamente, tornou-se um caso de cirurgião, operação e casa de saúde. Enquanto isso, despiram o paciente, que, abalado pela dor, pôs-se a uivar.

— Bom... bom... perfeito — dizia Sholmès, que se encarregou de segurar o braço —, um pouco de paciência, meu velho camarada... em cinco ou seis semanas, estará ótimo... Mas eles vão me pagar, os patifes...! Está me ouvindo...? Ele, acima de tudo... porque foi novamente esse maldito Lupin que deu o golpe... ah! Eu lhe juro que se algum dia...

Ele parou bruscamente, soltou o braço, o que causou em Wilson tamanho sobressalto de dor que o infeliz desmaiou de novo... e, batendo na própria testa, disse:

— Wilson, tenho uma ideia... será que por acaso...?

Não se movia, os olhos fixos, e murmurava pequenas conclusões de frases.

— Claro que sim, é isso... tudo se explicaria... procuramos muito longe por aquilo que está ao nosso lado... ah, é claro, eu sabia que bastava refletir... ah, meu bom Wilson, acho que vai ficar contente!

E, deixando para trás o velho camarada, saltou para a rua e correu até o número 25. Acima e à direita da porta, havia uma inscrição em uma das pedras:

"Destange, arquiteto, 1875." No número 23, a mesma inscrição.

Até aí, nada de incomum. Mas lá, na avenida Henri-Martin, o que leria ele?

Um coche passava.

— Cocheiro, avenida Henri-Martin, número 134, e a galope.

De pé no coche, ele fustigava o cavalo e oferecia gorjetas ao cocheiro. Mais rápido...! Mais rápido ainda!

Que angústia a sua no cruzamento da rua de la Pompe! Teria sido um pedaço da verdade o que ele entrevira?

Sobre uma das pedras do palacete, estavam gravadas estas palavras: "Destange, arquiteto, 1874".

Sobre os imóveis vizinhos, mesma inscrição: "Destange, arquiteto, 1874".

O golpe dessas emoções foi tamanho que ele afundou no coche, estremecendo todo de alegria. Enfim, uma vaga luz em meio às trevas! Na grande floresta, onde mil caminhos se cruzavam, eis que ele colhia a primeira marca de uma pista seguida pelo inimigo!

Em uma agência dos correios, pediu uma ligação telefônica para o castelo de Crozon. A própria condessa o atendeu.

— Alô...! É a senhora, madame?

— Senhor Sholmès, certo? Está tudo bem?

— Muito bem, mas, com urgência, queira me dizer... alô... uma palavrinha, apenas...

— Estou escutando.

— O castelo de Crozon foi construído em qual época?

— Ele pegou fogo há trinta anos e foi reconstruído.

— Por quem? E em que ano?

— Está em uma inscrição acima da porta de entrada: "Lucien Destange, arquiteto, 1877."

— Obrigado, madame, meus cumprimentos.

Partiu, murmurando:

— Destange... Lucien Destange... esse nome não me é estranho.

Tendo notado um gabinete de leitura, consultou um dicionário biográfico moderno e copiou a nota dedicada a "Lucien Destange, nascido em 1840, Grand-Prix de Roma, oficial da Legião de Honra, autor de obras muito apreciadas na arquitetura... etc".

Então ele foi para a farmácia e, de lá, para a casa de saúde aonde haviam levado Wilson. Em sua cama de tortura, o braço aprisionado em uma tipoia, tiritando de febre, o velho camarada divagava:

— Vitória! Vitória! — exclamou Sholmès. — Tenho a ponta de um fio.

— De qual fio?

— Daquele que me levará à solução! Vou caminhar sobre um terreno sólido, onde haverá digitais, indícios...

— Cinzas de cigarro? — perguntou Wilson, a quem o interesse pela situação reanimava.

— E muitas outras coisas! Imagine você, Wilson, que esclareci o elo misterioso que unia, entre elas, as diferentes aventuras da Mulher loira. Por que as três moradas onde se concluíram essas três aventuras foram escolhidas por Lupin?

— Sim, por quê?

— Porque essas três moradas, Wilson, foram construídas pelo mesmo arquiteto. Fácil de adivinhar, dirá você? Certamente... por isso, ninguém pensou nisso.

— Ninguém exceto você.

— Exceto eu, que agora sei que o mesmo arquiteto, combinando plantas análogas, tornou possível a realização de três atos de aparência miraculosa, mas, na realidade, simples e fáceis.

— Que alegria!

— Já era hora, velho camarada, de começar a perder a paciência... porque já estamos no quarto dia.

— De dez.

— Oh! De agora em diante...

Ele não parava quieto, exuberante e feliz, contrariando seu hábito.

— Não, mas quando penso que, há pouco, na rua, aqueles patifes poderiam ter quebrado meu braço além do seu. Que me diz disso, Wilson?

Wilson se contentou em se arrepiar com essa horrível suposição. E Sholmès prosseguiu:

— Que tiremos proveito dessa lição! Veja, Wilson, nosso grande erro foi ter combatido Lupin com o rosto descoberto e nos oferecermos complacentemente a seus golpes. Menos mal, já que ele só conseguiu lhe atingir...

— E já que me safei com um braço quebrado — gemeu Wilson.

— Quando podíamos os dois estar assim. Mas chega de fanfarronices. À luz do dia e vigiado, fui vencido. Nas sombras e livre para me deslocar, tenho a vantagem, não importa quais sejam as forças do inimigo.

— Ganimard pode ajudá-lo.

— Jamais! No dia em que me for permitido dizer que Arsène Lupin está aqui, que eis seu covil e que assim podemos capturá-lo, irei chamar Ganimard em um dos dois endereços que ele me deu: seu domicílio na rua Pergolèse, ou na taverna suíça, praça de Châtelet. Daqui até lá, ajo sozinho.

Aproximou-se do leito, colocou a mão no ombro de Wilson — no ombro dolorido, naturalmente — e lhe disse, com grande afetação:

— Cuide-se, meu velho camarada. Seu papel agora consiste em ocupar dois ou três homens de Arsène Lupin que, para reencontrar meu traço, vão esperar até que eu venha ter notícias suas. É um papel de confiança.

— Um papel de confiança e lhe agradeço por isso — respondeu Wilson, tocado pela gratidão. — Farei de tudo para cumpri-lo conscienciosamente. Mas, pelo que vejo, você não volta mais?

— Para fazer o quê? — perguntou friamente Sholmès.

— De fato... de fato... estou tão bem quanto possível. Então, um último favor, Herlock: poderia me dar algo para beber?

— Para beber?

— Sim, morro de sede e, com minha febre...

— Mas como não? Agora mesmo...

Remexeu em duas ou três garrafas, percebeu um pacote de tabaco, acendeu seu cachimbo e, de repente, como se sequer tivesse ouvido o pedido de seu amigo, ele se foi, enquanto o olhar do velho camarada implorava por um copo de água inacessível.

— O sr. Destange!

O criado mediu o indivíduo para o qual acabava de abrir a porta da mansão — a magnífica mansão que ficava na esquina da praça Malesherbes com a rua Montchanin — e, diante do aspecto daquele homenzinho de cabelos grisalhos, mal escanhoado, e cuja longa sobrecasaca escura, de um asseio duvidoso, conformava-se às bizarrices de um corpo que a natureza havia desgraçado de forma singular, respondeu com o desprezo que convinha:

— O sr. Destange está ou não está. Isso depende. O cavalheiro tem um cartão?

O cavalheiro não tinha um cartão, mas, sim, uma carta de apresentação, e o criado a levou para o sr. Destange, que ordenou que trouxessem até ele o recém-chegado.

— É o sr. Stickmann?

— Sim, senhor.

— Meu secretário me avisa que está doente e o envia para continuar a catalogação geral dos livros que ele iniciou sob minha direção, e, mais especialmente, a catalogação dos livros alemães. Você está acostumado a esse tipo de trabalho?

— Sim, senhor, muito acostumado — respondeu o sr. Stickmann com um forte sotaque germânico.

Nessas condições, o acordo foi rapidamente concluído, e o sr. Destange, sem mais delongas, entregou-se ao trabalho com seu novo secretário.

Herlock Sholmès estava no lugar certo.

Para escapar da vigilância de Lupin, e para adentrar a mansão em que Lucien Destange morava com sua filha Clotilde, o ilustre detetive tivera de mergulhar no desconhecido, acumular os estratagemas, atrair, sob os nomes mais variados, as boas graças e as confidências de uma multidão de personagens; em suma, tivera de viver, durante quarenta e oito horas, a vida mais complicada.

Em sua enquete, ele apurou o seguinte: o sr. Destange, de saúde frágil e desejando repouso, havia se aposentado e vivia entre as coleções de livros de arquitetura que reuniu. Nenhum prazer o interessava senão exibir e manusear os velhos tomos empoeirados.

Quanto à sua filha Clotilde, era vista como excêntrica. Vivia trancada, como seu pai, mas em uma outra parte da mansão, e nunca saía.

"Tudo isso", maquinava ele, anotando em um registro os títulos dos livros que o sr. Destange lhe ditava, "tudo isso ainda não é decisivo, mas que passo adiante! É possível que eu ainda não descubra a solução de um desses problemas apaixonantes: o sr. Destange estaria associado a Arsène Lupin? Continuaria a vê-lo? Existiriam papéis relativos à construção dos três imóveis? Esses papéis não me forneceriam o endereço de outros imóveis, igualmente traiçoeiros, que Lupin teria reservado para ele e seu bando?"

O sr. Destange, cúmplice de Arsène Lupin! Aquele homem venerável, oficial da Legião de Honra, trabalhando lado a lado com um ladrão; a hipótese inadmissível. Além disso, admitindo-se essa cumplicidade, como o sr.

Destange poderia ter previsto, trinta anos antes, as fugas de Arsène Lupin, então, um bebê?

Não importa! O inglês persistia. Com seu prodigioso talento, com aquele instinto que lhe é particular, sentia um mistério que pairava ao redor de si. Percebia-o nas pequenas coisas que não conseguia especificar, mas que intuía desde sua chegada à mansão.

Na manhã do segundo dia, ainda não havia feito nenhuma descoberta interessante. Às duas horas, viu, pela primeira vez, Clotilde Destange, que viera procurar por um livro na biblioteca. Era uma mulher na casa dos trinta anos, morena, de gestos lentos e silenciosos, e cujo rosto guardava a expressão indiferente daqueles que vivem muito dentro de si mesmos. Ela trocou algumas palavras com o sr. Destange e se retirou, sem sequer ter olhado para Sholmès.

A tarde transcorreu monótona. Às cinco horas, o sr. Destange avisou que sairia. Sholmès permaneceu sozinho na galeria circular situada à meia altura da rotunda. O dia se encerrava. Ele também estava prestes a partir quando um crepitar se fez ouvir e, no mesmo instante, o inglês teve a sensação de que havia alguém no cômodo. Longos minutos juntaram-se uns aos outros. E subitamente ele se arrepiou: uma sombra emergia da semiobscuridade, bem perto, na sacada. Seria possível? Há quanto tempo aquele personagem invisível lhe fazia companhia? E de onde havia vindo?

E o homem desceu os degraus e se dirigiu para o lado de um grande armário de carvalho. Escondido atrás dos reposteiros que pendiam da balaustrada da galeria, de joelhos, Sholmès observou, e viu o homem folhear os papéis que estavam no armário. O que procurava?

E eis que, de um golpe, a porta se abriu, e a srta. Destange entrou bruscamente, dizendo a alguém que a seguia:

— Então, não vai mesmo sair, pai...? Nesse caso, vou acender as luzes... um segundo... não se mexa...

O homem empurrou os batentes do armário e se escondeu na reentrância de uma grande janela cujas cortinas arrastou sobre si. Como a srta. Destange não o viu? Como não o ouviu? Muito calmamente, ela girou o botão da eletricidade e abriu passagem para seu pai. Sentaram-se um perto do outro. Ela pegou um volume que havia levado e se pôs a ler.

— Seu secretário não está mais aqui? — perguntou ao cabo de um instante.

— Não... como percebe...

— Continua satisfeito com ele? — prosseguiu ela, como se ignorasse a doença do verdadeiro secretário e sua substituição por Stickmann.

— Continuo... continuo...

A cabeça do sr. Destange balançava para a esquerda e a direita. Ele adormeceu.

Passou um momento. A jovem lia. Mas uma das cortinas da janela foi afastada, e o homem deslizou pela parede, na direção da porta, movimento que o fez passar por trás de Destange, mas diante de Clotilde, e de tal maneira que Sholmès pôde vê-lo distintamente. Era Arsène Lupin.

O inglês estremeceu de felicidade. Seus cálculos estavam corretos, havia realmente penetrado o coração do misterioso caso, e Lupin se encontrava no lugar previsto.

No entanto, Clotilde não se mexia, ainda que fosse inadmissível que sequer um gesto daquele homem lhe escapasse. E Lupin estava quase na porta e já estendia o braço na direção da maçaneta, quando um objeto caiu de uma mesa, resvalado por suas vestes. O sr. Destange acordou com um sobressalto. Arsène Lupin já estava diante dele, chapéu na mão, sorrindo.

— Maxime Bermond — exclamou o sr. Destange com alegria. — Querido Maxime...! Que bons ventos o trazem?

— A vontade de vê-lo, assim como a srta. Destange.

— Então, voltou de viagem?

— Ontem.

— E fica para o jantar?

— Não, janto no restaurante com amigos.

— Amanhã, então? Clotilde, insista para que ele venha amanhã. Ah! Esse bom Maxime... eu pensava justamente em você nesses dias.

— É mesmo?

— Sim, eu arrumava meus papéis dos velhos tempos, nesse armário, e encontrei nossa última fatura.

— Qual fatura?

— A da avenida Henri-Martin.

— Como? Você guarda essa papelada! Para quê...?

Instalaram-se os três em uma saleta que se ligava à rotunda por um amplo arco.

"É Lupin?", perguntou-se Sholmès, invadido por uma dúvida repentina.

Sim, com todas as evidências, era ele, mas também era um outro homem, que se parecia com Lupin em certos aspectos e que, no entanto, preservava uma individualidade distinta, seus traços pessoais, seu olhar, sua cor de cabelo...

De terno, gravata branca, a camisa flexível modelando o torso, ele falava alegremente, contando histórias com as quais o sr. Destange ria de todo o coração e que levavam um sorriso aos lábios de Clotilde. E cada um desses sorrisos parecia uma recompensa procurada por Arsène Lupin, e que ele se regozijava de haver conquistado. Redobrava a espirituosidade e a alegria e, imperceptivelmente, ao som daquela voz feliz e clara, o rosto de Clotilde se animava e perdia a expressão de frieza que o tornava tão pouco simpático.

"Eles se amam", pensou Sholmès, "mas que diabos pode haver em comum entre Clotilde Destange e Maxime Bermond? Ela sabe que Maxime não é outro senão Arsène Lupin?"

Até as sete horas ele escutou ansiosamente, aproveitando-se até das menores palavras. Depois, com infinitas precauções, desceu e atravessou o lado do cômodo, onde não corria o risco de ser visto da saleta.

No lado de fora, Sholmès certificou-se de que não havia nem automóvel nem fiacre no ponto, e se afastou, mancando pelo bulevar Malesherbes. Mas, em uma rua adjacente, colocou nas costas o paletó que carregava no braço, amassou seu chapéu, empertigou-se e, assim metamorfoseado, voltou à praça, onde esperou, os olhos fixos na porta da mansão Destange.

Arsène Lupin saiu quase no mesmo instante e, seguindo pelas ruas de Constantinople e de Londres, dirigiu-se rumo ao centro de Paris. A cem passos dele, caminhava Herlock.

Minutos deliciosos para o inglês! Aspirava avidamente o ar, como um bom cão que fareja a pista fresquinha. De fato, era-lhe uma coisa infinitamente agradável seguir seu adversário. Não era mais ele o vigiado, mas Arsène Lupin, o invisível Arsène Lupin. Tinha-o, por assim dizer, atado aos olhos, como se ligado por amarras impossíveis de se romper. E ele se deleitava ao observar, entre os transeuntes, aquela presa que lhe pertencia.

Mas um fenômeno bizarro não tardou a atingi-lo no intervalo que o separava de Arsène Lupin; outras pessoas avançavam na mesma direção, notadamente dois sujeitos grandões de chapéus redondos na calçada à esquerda, dois outros na calçada da direita, de boina e cigarro nos lábios.

Podia apenas ser uma coincidência. Mas Sholmès se espantou ainda mais quando viu que, tendo Lupin adentrado um quiosque de tabaco, os quatro homens pararam — e mais ainda quando retomaram o passo ao mesmo tempo que ele, mas isoladamente, cada um seguindo por si pela Chaussée d'Antin.

"Maldição", pensou Sholmès, "então ele está sendo seguido!"

Exasperava-o a ideia de que outros estavam na cola de Arsène Lupin, de que outros lhe surrupiavam não a glória – isso mal o inquietava –, mas o prazer imenso, a ardente volúpia de vencer, sozinho, o mais formidável inimigo que já havia encontrado. No entanto, era impossível que estivesse enganado; os homens tinham aquele ar displicente, o ar natural demais daqueles que, ajustando seus passos aos de outra pessoa, não querem ser notados.

"Será que Ganimard sabe mais do que disse saber?", murmurou Sholmès. "Será que está de brincadeira comigo?"

Teve vontade de abordar um dos quatro indivíduos para interrogá-lo. Mas, nos arredores do bulevar, a multidão tornando-se mais densa, ele temeu perder o alvo e apertou o passo. Desvencilhou-se no momento em que Lupin subia os degraus do restaurante húngaro, na esquina da rua Helder. A porta estava aberta de uma forma que Sholmès, sentado em um banco do bulevar, do outro lado da rua, viu-o ocupar um lugar em uma mesa luxuosamente posta, ornada de flores, e onde já se encontravam três senhores de terno e duas damas de grande elegância, que o receberam com demonstrações de simpatia.

Herlock procurou, com os olhos, os quatro indivíduos e os percebeu dispersos nos grupos que escutavam a orquestra de ciganos em um café vizinho. Coisa estranha, eles não pareciam ocupar-se de Arsène Lupin, mas muito mais das pessoas que os cercavam.

De repente, um deles tirou do bolso um cigarro e abordou um senhor de sobrecasaca e cartola. O senhor ofereceu seu charuto, e Sholmès teve a impressão de que os dois conversaram, aliás, por mais tempo do que o exigido pelo ato de se acender um cigarro. Finalmente, o senhor subiu os degraus da entrada e espiou a sala do restaurante. Ao avistar Lupin, avançou, conversou por alguns instantes com ele, depois escolheu uma mesa vizinha, e Sholmès constatou que esse senhor era ninguém mais do que o homem a cavalo da avenida Henri-Martin.

Então ele compreendeu. Não apenas Arsène Lupin não era seguido, como aqueles homens faziam parte de seu bando! Aqueles homens cuidavam da sua segurança! Eram seus guarda-costas, seus satélites, sua escolta atenta. Onde quer que o patrão estivesse em perigo, os cúmplices lá estariam, prontos para avisá-lo, prontos para defendê-lo. Cúmplices, os quatro indivíduos! Cúmplice o senhor de sobrecasaca!

Um calafrio percorreu o inglês. Seria possível que ele jamais conseguisse subjugar aquela criatura inacessível? Que potência ilimitada representava uma tal associação, conduzida por um tal chefe!

Rasgou uma folha de sua caderneta, escreveu a lápis algumas linhas que inseriu em um envelope e disse a um adolescente de uns quinze anos que estava deitado no banco:

— Ei, meu rapaz, tome um coche e leve esta carta à taverna suíça, praça de Châtelet. E rápido...

Deu-lhe uma moeda de cinco francos. O adolescente desapareceu.

Cerca de meia hora se passou. A multidão havia se adensado, e, só às vezes, Sholmès distinguia os acólitos de Lupin. Mas alguém o tocou e lhe disse ao ouvido:

— Ora! O que há, senhor Sholmès?

— É o senhor, sr. Ganimard?
— Sim, recebi seu bilhete na taverna. O que há?
— Ele está lá.
— Como assim?
— Lá... no fundo do restaurante... incline-se para a direita... pode vê-lo?
— Não.
— Está servindo champanhe para a moça ao lado.
— Mas não é ele.
— É ele.
— Pois eu lhe digo... ah, no entanto... de fato, poderia... Ora! O patife, como se parece! — murmurou Ganimard ingenuamente. — E os outros? Cúmplices?
— Não, a moça ao lado é lady Cliveden, a outra é a duquesa de Cleath e, em frente, o embaixador da Espanha em Londres.

Ganimard deu um passo. Herlock o reteve:
— Que imprudência! Você está sozinho.
— Ele também.
— Não, ele tem homens no bulevar que fazem a guarda... sem contar que, no interior do restaurante, aquele senhor...
— Mas eu, quando tiver colocado as mãos no colarinho de Arsène Lupin gritando seu nome, terei toda a sala a meu favor, todos os garçons.
— Eu preferiria alguns agentes.
— Isso é que chamaria a atenção dos amigos de Arsène Lupin... não, veja, sr. Sholmès, não temos escolha.

Ele tinha razão, Sholmès admitiu. Valia mais tentar a aventura e tirar proveito das circunstâncias excepcionais. Apenas recomendou a Ganimard:

— Cuide para que demorem o máximo possível para reconhecê-lo...

E ele próprio se esgueirou atrás de um quiosque de jornais, sem perder de vista Arsène Lupin que, lá dentro, inclinado na direção da moça ao lado, sorria.

O inspetor atravessou a rua, as mãos nos bolsos, como alguém que caminha firme adiante. Mas, assim que chegou à calçada oposta, virou-se rapidamente e, de uma vez só, subiu a escada.

Um apito soou estridente... Ganimard se chocou contra o *maître*, plantado subitamente diante da porta e empurrando-o com indignação, como faria com um intruso cujas vestes equivocadas teriam desonrado o luxo do restaurante. Ganimard vacilou. No mesmo instante, o senhor de sobrecasaca saiu. Tomou o partido do inspetor, e os dois, o *maître* e ele, discutiram violentamente, ambos cercando Ganimard, um retendo-o e outro empurrando-o, e de tal forma que, apesar de todos os seus esforços, apesar de todos os seus protestos furiosos, o infeliz foi escorraçado até o pé da escada.

Uma aglomeração se formou imediatamente. Dois agentes de polícia, atraídos pelo barulho, tentaram separar a multidão, mas uma resistência incompreensível os imobilizou, sem que conseguissem se livrar dos ombros que os pressionavam, das costas que lhes barravam o caminho...

E de repente, como em um passe de mágica, o caminho está livre...! O *maître*, compreendendo seu erro, atrapalha-se com desculpas, o senhor de sobrecasaca renuncia a defender o inspetor, a multidão se dispersa, os agentes passam, Ganimard avança na direção da mesa com os seis convivas... E agora só há cinco. Ele olha ao redor... Nenhuma outra saída além da porta.

— A pessoa que estava neste lugar...? — gritou ele para os cinco convivas estupefatos. — Sim, vocês eram seis... onde está a sexta pessoa?

— O sr. Destro?

— Ora, não, Arsène Lupin!

Um garçom se aproxima:

— Esse senhor acabou de subir ao mezanino.

Ganimard se precipita. O mezanino é constituído de salas particulares e tem uma espécie de saída especial para o bulevar!

— Vamos, então, procurá-lo, agora — gemeu Ganimard —, ele está longe!

Não estava tão longe; a duzentos metros, no máximo, dentro do ônibus Madeleine-Bastille, que avançava tranquilamente ao pequeno trote de seus três cavalos, atravessando a praça de l'Opéra e indo pelo bulevar des Capucines. No primeiro andar do ônibus, dois grandalhões de chapéu coco estavam alertas. Na parte de cima, no alto da escada, dormitava um velhote: Herlock Sholmès.

Com a cabeça balançando, embalado pelo movimento do veículo, o inglês conversava consigo mesmo:

"Se o meu valente Wilson me visse, como estaria orgulhoso de seu chefe...! Bah...! Foi fácil prever que, ao som do apito, a partida estava perdida e que não havia nada melhor a fazer do que vigiar os arredores do restaurante. Mas, na verdade, a vida não carece de interesse com esse homem diabólico por perto!"

No terminal, Herlock se inclinou, viu Arsène Lupin, que passava diante de seus guarda-costas, e o ouviu murmurar: "Na Étoile".

"Na Étoile, perfeito, encontro combinado. Estarei lá. Vamos deixá-lo partir nesse fiacre motorizado, e seguiremos de coche os dois comparsas."

Os dois comparsas saíram a pé, de fato chegaram à Étoile e bateram na porta de uma estreita casa situada no número 40 da rua Chalgrin. Na esquina dessa rua pouco frequentada, Sholmès pôde se esconder à sombra de uma reentrância. Uma das duas janelas do piso térreo se abriu, um homem de chapéu coco fechou as venezianas. Acima delas, o postigo se iluminou.

Passados dez minutos, um senhor veio bater na mesma porta, depois, imediatamente depois, veio um outro. E, por fim, um fiacre motorizado estacionou, do qual Sholmès viu descerem duas pessoas: Arsène Lupin e uma senhora envolvida em um casaco e em uma mantilha espessa.

"A Mulher loira, sem dúvida alguma", ruminou Sholmès, enquanto o fiacre se distanciava. Ele deixou transcorrer um instante, aproximou-se da casa, escalou o peitoril da janela e, erguendo-se nas pontas dos pés, conseguiu, pelo postigo, dar uma espiada no aposento.

Arsène Lupin, apoiado à lareira, falava com animação. De pé, cercando-o, os outros escutavam atentamente. Entre eles, Sholmès reconheceu o senhor de sobrecasaca e acreditou reconhecer o *maître* do restaurante. Quanto à Mulher loira, estava de costas para ele, sentada em uma poltrona.

"Estão conferenciando...", pensou ele. "Os acontecimentos dessa noite os inquietaram, e eles sentem a necessidade de deliberar. Ah! Capturar todos de uma vez, de um só golpe...!"

Como um dos cúmplices se moveu, ele saltou para o chão e se enfiou na sombra. O senhor de sobrecasaca e o *maître* saíram da casa. Ao mesmo tempo, o primeiro andar se iluminou, alguém puxou as venezianas das janelas. E a obscuridade instalou-se tanto acima quanto abaixo.

"Ela e ele ficaram no térreo", Herlock disse a si mesmo. "Os dois cúmplices moram no primeiro andar."

Esperou por uma parte da noite sem se mexer, temendo que Arsène Lupin se fosse durante sua ausência. Às quatro horas, percebendo dois agentes de polícia no outro lado da rua, alcançou-os, explicou-lhes a situação e confiou a eles a vigilância da casa.

Então, dirigiu-se à residência de Ganimard, na rua Pergolèse, e o fez sair da cama.

— Ainda o tenho.
— Arsène Lupin?
— Sim.

— Se o tem como o tinha agora há pouco, é melhor eu voltar para a cama. Em todo caso, passemos no comissariado.

Foram até a rua Mesnil e, de lá, ao domicílio do comissário, sr. Decointre.

Depois, acompanhados de uma meia-dúzia de homens, voltaram à rua Chalgrin.

— Algo novo? — perguntou Sholmès aos dois agentes encarregados.

— Nada.

O dia começava a clarear o céu quando, após dar suas ordens, o comissário tocou e se dirigiu até a cabine da zeladora. Apavorada por essa invasão, tremendo-se toda, a mulher respondeu que não havia locatários no térreo.

— Como assim, não há locatários? — exclamou Ganimard.

— Não, apenas os do primeiro andar, os senhores Leroux... Eles mobiliaram o andar de baixo para parentes da província...

— Um cavalheiro e uma senhora?

— Sim.

— Que vieram ontem à noite com eles?

— Pode ser que sim... eu estava dormindo... no entanto, creio que não, aqui está a chave... Não a pediram...

Com essa chave, o comissário abriu a porta que se encontrava do outro lado do vestíbulo. O apartamento do térreo continha apenas dois cômodos: estavam vazios.

— Impossível! — proferiu Sholmès. — Eu os vi, ela e ele.

O comissário escarneceu:

— Não tenho dúvida, mas não estão mais aqui.

— Subamos ao primeiro andar. Devem estar lá.

— O primeiro andar é habitado pelos senhores Leroux.

— Interrogaremos os senhores Leroux.

Subiram todos pelas escadas, e o comissário tocou a campainha. No segundo toque, um indivíduo, que não era outro senão um dos guarda-costas, apareceu, em mangas de camisa e com ar furioso.

— Ora, o que há? Que alvoroço... Como podem acordar as pessoas assim...

Mas ele parou, confuso:

— Deus me perdoe... será que não estou sonhando? É o sr. Decointre...! E o senhor também, sr. Ganimard? Então, em que posso ajudá-los?

Uma formidável gargalhada soou. Ganimard ria com uma crise de hilaridade que o curvava em dois e lhe congestionava o rosto.

— É o senhor, Leroux... — gaguejava. — Oh! Como é engraçado... Leroux, cúmplice de Arsène Lupin... Ah! Eu morreria... E seu irmão, Leroux, por onde anda?

— Edmond, está por aí? É o sr. Ganimard que nos faz uma visita...

Um outro indivíduo avançou, e, ao vê-lo, Ganimard riu com força redobrada.

— Será possível! Não tínhamos ideia disso! Ah! Meus amigos, vocês estão em maus lençóis... Quem teria suspeitado! Felizmente, o velho Ganimard vigia e, acima de tudo tem amigos para auxiliá-lo... Amigos que vêm de longe!

E, virando-se para Sholmès, apresentou-os:

— Victor Leroux, inspetor da Sûreté, um dos bons entre os melhores da brigada de ferro... Edmond Leroux, escriturário-chefe do serviço antropométrico...

Capítulo 5

UM RAPTO

Herlock Sholmès nem piscou. Protestar? Acusar esses dois homens? Era inútil. A menos que tivesse provas, o que não tinha e não queria perder tempo procurando-as, ninguém acreditaria nele.

Todo tenso, os punhos cerrados, só pensava em não revelar, diante de um Ganimard triunfante, sua raiva e sua decepção. Cumprimentou respeitosamente os irmãos Leroux, sustentáculos da sociedade, e se retirou.

No vestíbulo, fez um desvio na direção de uma porta baixa que indicava a entrada da adega, e recolheu uma pequena pedra vermelha: era uma granada.

Do lado de fora, tendo se virado, leu, perto do número 40 do prédio, esta inscrição: "Lucien Destange, arquiteto, 1877".

A mesma inscrição no número 42.

"Sempre a saída dupla", pensou. "O 40 e o 42 se comunicavam. Como não pensei nisso? Eu deveria ter ficado com os dois agentes nessa noite".

Disse aos homens:

— Duas pessoas saíram por essa porta durante a minha ausência, não é? — e indicou a porta do edifício vizinho.

— Sim, um cavalheiro e uma dama.

Ele pegou o braço do inspetor-chefe e o conduziu:

— Sr. Ganimard, o senhor riu bastante para eu me arrepender do pequeno incômodo que lhe causei...

— Oh, decerto não o culpo de nada.

— Ah, é? Mas as melhores piadas duram apenas certo tempo, e sou da opinião de que é preciso terminá-las.

— Compartilho dessa opinião.

— Estamos no sétimo dia. Em três dias, será indispensável que eu esteja em Londres.

— Oh! Oh!

— Estarei lá, meu senhor, e lhe rogo para que esteja pronto na noite de terça para quarta-feira.

— Para mais uma excursão desse gênero? — fez Ganimard, divertindo-se.

— Sim, senhor, do mesmo gênero.

— E que se encerrará...?

— Com a captura de Lupin.

— Acredita nisso?

— Juro pela minha honra, meu senhor.

Sholmès cumprimentou-o e partiu para repousar um pouco no hotel mais próximo. Depois disso, reanimado, confiando em si mesmo, voltou à rua Chalgrin, transferiu dois luíses à mão da zeladora, assegurou-se de que os irmãos Leroux haviam saído, descobriu que a casa pertencia a um certo sr. Harmingeat e, munido de uma vela, desceu para a adega pela pequena porta perto da qual havia encontrado a granada.

Ao pé da escada, recolheu outra de forma idêntica.

"Eu estava certo", pensou, "é por aqui que se comunicam... vejamos, será que minha gazua abre o compartimento reservado ao locatário do térreo? Sim... perfeito... examinemos essas caixas de vinho. Oh! Oh! Eis aqui lugares em que a poeira foi espalhada... e, no piso, pegadas...".

Um ruído leve o fez apurar os ouvidos. Rapidamente empurrou a porta, soprou sua vela e se escondeu atrás de uma pilha de caixas vazias. Após alguns segundos, notou que um dos armários de ferro girava lentamente, levando consigo toda a parte da parede à qual estava fixado. A luz de uma lamparina se projetou. Um braço apareceu. Um homem entrou.

Estava encurvado como alguém que procura algo no chão. Com a ponta dos dedos, remexia a poeira e, por várias vezes, ergueu-se e lançou alguma coisa em uma caixa de papelão que segurava com a mão esquerda. A seguir, apagou as marcas de seus passos, bem como as pegadas deixadas por Lupin e pela Mulher loira, e se aproximou do armário.

Soltou um grito rouco e desmoronou. Sholmès havia se lançado sobre ele. Foi coisa de um minuto, e, da forma mais simples do mundo, o homem se viu estendido no solo, os tornozelos atados e os punhos presos.

O inglês se inclinou.

— Quanto quer para falar...? Para dizer o que sabe?

O homem respondeu com um sorriso de tamanha ironia que Sholmès compreendeu a inutilidade de sua pergunta.

Contentou-se em explorar os bolsos de seu cativo, mas suas investigações não renderam nada além de um molho de chaves, um lenço e a pequena caixa de papelão usada pelo indivíduo, e que continha uma dúzia de granadas parecidas com aquelas que Sholmès havia recolhido. Magro butim!

Além disso, o que faria com aquele homem? Esperaria seus amigos virem socorrê-lo para entregá-los todos à polícia? Para quê? Que vantagem conseguiria contra Lupin?

Hesitava quando o exame da caixa o ajudou a decidir. Continha este endereço: "Léonard, joalheiro, rua de la Paix".

Resolveu simplesmente abandonar o homem. Empurrou de volta o armário, fechou a adega e saiu da casa. Em uma agência de correio, avisou o sr. Destange, por telegrama, que só poderia ir no dia seguinte. Depois, dirigiu-se ao joalheiro, a quem remeteu as granadas.

— A madame me enviou por causa dessas pedras. Soltaram-se de uma joia que ela comprou aqui.

Sholmès havia acertado. O comerciante respondeu:

— De fato... essa senhora me telefonou. Logo ela mesma passará por aqui.

Foi somente às cinco horas que Sholmès, plantado na calçada, percebeu uma mulher envolta em um véu espesso e cujo aspecto parecia suspeito. Através da vitrine ele a viu depositar no balcão uma antiga joia ornada com granadas.

A mulher partiu imediatamente depois, fez compras a pé, subiu para os lados de Clichy e voltou por uma das ruas que o inglês não conhecia. Ao anoitecer, ele entrou, no rastro dela e sem que a zeladora o avistasse, em um edifício de cinco andares, com dois blocos de apartamentos e, em consequência, inúmeros locatários. No segundo andar, ela parou e entrou. Dois minutos mais tarde, o inglês tentou a sorte e, uma após a outra, testou com precaução as chaves do molho de que havia se apoderado. A quarta fez girar a fechadura.

Em meio à penumbra que predominava, ele notou cômodos completamente vazios como os de um apartamento inabitado, e dos quais todas as portas estavam abertas. Mas, no final de um corredor, filtrava-se a luz de uma lamparina e, aproximando-se nas pontas dos pés, ele viu, pelo espelho desgastado que separava a sala de um quarto contíguo, a mulher de véu retirando suas roupas e seu chapéu, depositando-os na única cadeira do aposento e vestindo um penhoar de veludo.

Viu-a avançar na direção da lareira e apertar o botão de uma campainha elétrica. E a metade do painel que se estendia à direita da lareira se sacudiu, deslizou no mesmo plano da parede e se insinuou para dentro do painel vizinho.

Quando o vão ficou espaçoso o suficiente, a mulher passou... e desapareceu, carregando a lamparina.

O sistema era simples. Sholmès o utilizou.

Caminhou na escuridão, tateando, mas logo seu rosto esbarrou em coisas suaves. À chama de um fósforo, constatou que se encontrava em um cubículo atulhado de roupas e vestidos que estavam pendendo em cabides. Abriu passagem e parou diante da moldura de uma porta fechada por uma tapeçaria, ou pelo avesso de uma tapeçaria. Quando o fósforo se consumiu, ele percebeu que uma luz era filtrada pela trama esgarçada e surrada do velho tecido.

Então, observou.

A Mulher loira estava ali, diante de seus olhos, ao alcance de sua mão.

Ela apagou a lamparina e acendeu a eletricidade. Pela primeira vez, Sholmès pôde ver seu rosto totalmente iluminado. Estremeceu. A mulher que acabava de encontrar depois de tantos desvios e manobras não era outra senão Clotilde Destange.

Clotilde Destange, a assassina do barão d'Hautrec e a ladra do diamante azul!

Clotilde Destange, a misteriosa amiga de Arsène Lupin!

A Mulher loira, enfim!

"Mas claro, é óbvio", pensou ele, "não passo de um rematado asno. Só porque a amiga de Lupin é loira e Clotilde, morena, não me ocorreu relacionar as duas mulheres! Como se a Mulher loira pudesse continuar loira depois do assassinato do barão e do roubo do diamante!"

Sholmès via uma parte do cômodo, elegante aposento feminino, ornado de reposteiros claros e bibelôs preciosos. Um divã de mogno se estendia em um piso mais baixo. Clotilde estava sentada nele e permanecia imóvel, a cabeça entre as mãos. E, ao final de um instante, ele percebeu que ela chorava. Grossas lágrimas rolavam por suas feições pálidas, deslizavam na direção da boca e caíam, gota por gota, no veludo de seu corpete. E outras lágrimas as seguiam indefinidamente, como se surgissem de uma fonte inesgotável. E era o espetáculo mais triste aquele desespero aborrecido e resignado que se exprimia pelo lento fluxo de lágrimas.

Mas uma porta se abriu atrás dela. Arsène Lupin entrou.

Olharam-se por muito tempo, sem dizer palavra alguma, depois ele se ajoelhou perto dela, apoiou a cabeça em seu peito e a envolveu com os braços; e havia no gesto com que enlaçava a moça uma ternura profunda, de muita piedade. Eles não se mexeram. Um silêncio suave os unia, e as lágrimas fluíam menos abundantes.

— Queria tanto fazê-la feliz! — murmurou ele.

— Eu sou feliz.

— Não, uma vez que está chorando... suas lágrimas me deixam desolado, Clotilde.

Apesar de tudo, ela se deixou envolver pelo som daquela voz carinhosa, e ela escutava, ávida de esperança e de alegria. Um sorriso amoleceu sua expressão, mas um sorriso ainda tão triste! Ele suplicou-lhe:

— Não fique triste, Clotilde, não deve ficar. Não tem direito a isso.

Ela mostrou-lhe as mãos brancas, delicadas e sinuosas, e disse gravemente:

— Enquanto essas mãos forem minhas mãos, serei triste, Maxime.

— Mas por quê?

— Elas mataram.

Maxime exclamou:

— Cale-se! Não pense nisso... o passado está morto, o passado não conta.

E ele beijou aquelas mãos pálidas, e ela o olhou com um sorriso mais iluminado, como se cada beijo tivesse apagado um pouco da terrível lembrança.

— Precisa me amar, Maxime, precisa, porque nenhuma mulher o amará como eu. Para lhe agradar, eu agi, ajo ainda, não segundo suas ordens, mas segundo seus desejos secretos. Realizo atos contra os quais todos os meus instintos e toda a minha consciência se revoltam, mas não consigo resistir... tudo o que faço, faço-o mecanicamente, porque lhe será útil, e é o que você quer... e estou pronta para recomeçar amanhã... e sempre.

Ele disse com amargura:

— Ah! Clotilde, por que a envolvi na minha vida aventureira? Eu devia ter permanecido o Maxime Bermond que você amou por cinco anos, e não fazer com que conhecesse... o outro homem que sou.

Ela disse baixinho:

— Amo também esse outro homem, e não me arrependo de nada.

— Sim, você sente falta de sua vida passada, a vida a céu aberto.

— Não sinto falta de nada quando você está aqui! — disse ela apaixonadamente. — Não há mais crime algum quando meus olhos o veem. Que me importa ser infeliz longe de você, e sofrer, e chorar, e sentir horror por tudo o que faço... seu amor apaga tudo... aceito tudo... mas você precisa me amar...!

— Não a amo porque é preciso, Clotilde, mas pela única razão de que a amo.

— Tem certeza disso? — disse ela, confiante.

— Tenho certeza, tanto por mim quanto por você. Acontece apenas que minha existência é violenta e frenética, e nem sempre consigo lhe dedicar o tempo que gostaria.

Ela se inquietou no mesmo instante.

— O que aconteceu? Um perigo novo? Rápido, fale.

— Oh! Nada grave, ainda. No entanto...

— No entanto?

— Bem, ele está no nosso rastro.

— Sholmès?

— Sim. Foi ele que lançou Ganimard no caso do restaurante húngaro. Foi ele que posicionou, nessa noite, os dois agentes na rua Chalgrin. Tenho a prova. Ganimard revistou a casa nessa manhã, e Sholmès o acompanhava. Além disso...

— Além disso?

— Bem, há outra coisa: falta-nos um de nossos homens, Jeanniot.

— O porteiro?

— Sim.

— Mas fui eu que o enviei, essa manhã, à rua Chalgrin, para recolher as granadas que caíram do meu broche.

— Não há dúvidas de que Sholmès o pegou numa armadilha.

— De jeito nenhum. As granadas foram levadas ao joalheiro da rua de la Paix.

— Então, o que aconteceu com ele depois?

— Oh, Maxime, estou com medo.

— Não há o que temer. Mas admito que a situação é muito grave. O que ele sabe? Onde ele se esconde? Sua força está no isolamento. Nada pode traí-lo.

— O que você decidiu fazer?

— Ser o mais prudente possível, Clotilde. Faz tempo que resolvi mudar meu esconderijo e transportá-lo para lá, àquele reduto inviolável que você conhece. A intervenção de Sholmès acelerou as coisas. Quando um homem como ele está seguindo uma pista, devemos admitir que fatalmente ele irá até o fim dessa pista. Então, preparei tudo. Depois de amanhã, quarta-feira, a mudança vai ocorrer. Ao meio-dia, estará terminada. Às duas horas, poderei eu mesmo deixar o local, depois de ter retirado os últimos vestígios do nosso esconderijo, o que não é coisa pequena. Daqui até lá...

— Daqui até lá?

— Não devemos nos ver, e ninguém deve vê-la, Clotilde. Não saia. Não receio nada por mim. Receio tudo desde que se trate de você.

— É impossível que esse inglês chegue até mim.

— Tudo é possível com ele, e eu tomo cuidado. Ontem, quando quase fui surpreendido por seu pai, vasculhava o armário que contém os velhos registros do sr. Destange. Há neles um perigo. Há perigos em todo lugar. Percebo o inimigo que ronda nas sombras e que se aproxima mais e mais. Sinto que ele nos vigia... Que arma suas redes em torno de nós. Essa é uma das intuições que nunca me enganam.

— Nesse caso — ela disse —, parta, Maxime, e não pense mais nas minhas lágrimas. Serei forte, e esperarei que o perigo seja afastado. Adeus, Maxime.

Beijou-o por muito tempo. E foi ela mesma que o empurrou para fora. Sholmès ouviu o som de suas vozes se distanciando.

Corajosamente, muito excitado por aquela mesma necessidade de agir contra tudo e todos que o estimulava desde a véspera, ele adentrou uma antecâmara em cuja extremidade havia uma escada. Mas, no momento em que ia descer, o ruído de uma conversa veio do andar inferior, e ele julgou melhor seguir um corredor circular que o conduziu a outra escada. Ao descê-la, espantou-se ao ver móveis cujas formas e arrumação já conhecia. Uma porta estava entreaberta. Ele penetrou em um grande aposento redondo. Era a biblioteca do sr. Destange.

— Perfeito! Admirável! — murmurou. — Compreendo tudo. A alcova de Clotilde, quero dizer, a Mulher loira, comunica-se com um dos apartamentos da casa vizinha, e esse apartamento vizinho tem sua saída não para a praça Malesherbes, mas para uma rua adjacente, a rua Montchanin, pelo que me lembro... Que maravilha! E está explicado como Clotilde Destange vai encontrar seu amante sempre mantendo a reputação de uma pessoa que nunca sai. E está explicado também como Arsène Lupin apareceu perto de mim, ontem à noite, na galeria: deve haver uma outra comunicação entre o apartamento vizinho e essa biblioteca...

E concluiu:

— Mais uma casa traiçoeira. Mais uma vez, sem dúvida, Destange arquiteto! Agora se trata de aproveitar minha passagem por aqui para verificar o conteúdo do armário... e para me informar sobre as outras casas traiçoeiras.

Sholmès subiu até a galeria e se escondeu atrás dos reposteiros da rampa. Ficou ali até tarde da noite. Um criado veio apagar as lâmpadas elétricas. Uma hora mais tarde, o inglês fez funcionar sua lanterna e se dirigiu ao armário.

Como sabia, o móvel continha os antigos papéis do arquiteto, pastas, orçamentos, livros de contabilidade. Ao fundo, via-se uma série de registros, classificados por ordem de antiguidade.

Pegou alternadamente aqueles dos últimos anos e, no mesmo instante, examinou a página do sumário e, em específico, a letra H. Por fim, tendo encontrado a palavra Harmingeat, acompanhada do número 63, folheou até essa página e leu:

"Harmingeat, 40, rua Chalgrin".

Seguiam-se detalhes das obras executadas para esse cliente tendo em vista a instalação de uma calefação no imóvel. E, na margem, esta nota: "ver o dossiê M.B."

— Ah! Agora já sei — disse. — O dossiê M.B. é o de que preciso. Por meio dele, conhecerei o domicílio atual do sr. Lupin.

Foi somente pela manhã que, na segunda metade de um registro, ele descobriu o famoso dossiê.

Continha quinze páginas. Uma reproduzia a página dedicada ao sr. Harmingeat da rua Chalgrin. Uma outra detalhava as obras executadas para o sr. Vatinel, proprietário, 25, rua Clapeyron. Uma outra estava reservada ao barão d'Hautrec, 134, avenida Henri-Martin, uma outra ao castelo de Crozon, e as onze seguintes a diferentes proprietários de Paris.

Sholmès copiou essa lista de onze nomes e onze endereços, depois recolocou as coisas no lugar, abriu uma janela e saltou para a praça deserta, tendo o cuidado de fechar as venezianas.

Em seu quarto de hotel, acendeu o cachimbo com a gravidade que conferia a esse ato e, envolto por nuvens de fumaça, estudou as conclusões que se podia tirar do dossiê M.B., ou melhor dizendo, do dossiê Maxime Bermond, vulgo Arsène Lupin. Às oito horas, enviou a Ganimard este telegrama:

> *"Passarei sem dúvidas, pela manhã, na rua Pergolèse e lhe entregarei uma pessoa cuja captura é da mais alta importância. Em todo caso, esteja em casa nesta noite e amanhã quarta-feira até o meio-dia, e tome providências para ter cerca de trinta homens à sua disposição..."*

Depois, ele escolheu, no bulevar, um fiacre motorizado cujo motorista lhe agradou pela expressão alegre e pouco inteligente, e se fez conduzir até a praça Malesherbes, a cinquenta passos da mansão Destange.

— Meu rapaz, feche seu veículo — disse ao condutor —, erga a gola de seu abrigo, porque o vento está frio, e espere pacientemente. Em uma hora e meia, ligue seu motor. Assim que eu voltar, tocamos para a rua Pergolèse.

No momento de entrar na mansão, ele teve uma última hesitação. Não seria uma falha ocupar-se assim da Mulher loira enquanto Lupin concluía seus preparativos de partida? E não seria melhor primeiro procurar, com a ajuda da lista de imóveis, o domicílio de seu adversário?

— Bah! — disse a si mesmo. — Quando a Mulher loira for minha prisioneira, terei controle da situação.

E tocou.

O sr. Destange já se encontrava na biblioteca. Trabalhavam por algum tempo, e Sholmès procurava por um pretexto para subir ao quarto de Clotilde quando a jovem entrou, deu bom dia ao pai, sentou-se na saleta e se pôs a escrever.

De onde estava, Sholmès a via, inclinada sobre a mesa e, de tempos em tempos, meditando, a pena no ar e o rosto pensativo. Ele esperou e, depois, pegando um volume, disse ao sr. Destange:

— Aqui está justamente um livro que a srta. Destange me pediu para levar-lhe assim que o encontrasse.

Foi até a saleta e se colocou diante de Clotilde, de modo que seu pai não pudesse vê-lo, e pronunciou:

— Sou o sr. Stickmann, o novo secretário do sr. Destange.

— Ah! — ela disse, sem se incomodar. — Então, meu pai mudou de secretário?

— Sim, senhorita, e eu gostaria de lhe falar.

— Queira se sentar, senhor, já terminei.

Ela acrescentou algumas palavras à carta, assinou-a, fechou no envelope, empurrou os papéis, apertou a campainha de um telefone, comunicou-se com sua costureira, pediu-lhe para apressar a conclusão de um casaco de viagem do qual tinha necessidade urgente e, por fim, virando-se para Sholmès:

— Estou à disposição do senhor. Mas a nossa conversa não poderia se dar na presença de meu pai?

— Não, senhorita, e rogo-lhe até para que não fale alto. É preferível que o sr. Destange não nos escute.

— Por que é preferível?

— Por causa da senhorita.

— Não admito conversas que meu pai não possa ouvir.

— Contudo, é necessário que a senhorita admita esta.

Ergueram ambos os olhos, fixando-se.

E ela disse:

— Fale, senhor.

Continuando de pé, ele começou:

— A senhorita me perdoará se eu me equivocar a respeito de certas questões secundárias. O que asseguro aqui é a exatidão geral dos incidentes que exponho.

— Sem rodeios, por favor. Aos fatos.

Com essa interrupção, lançada bruscamente, ele sentiu que a jovem estava alerta, e prosseguiu:

— Que seja, vou direto ao ponto. Então, há cinco anos, o senhor seu pai teve a oportunidade de conhecer um certo Maxime Bermond, o qual se apresentou como empreiteiro... ou arquiteto, eu não saberia especificar. Ocorre que o sr. Destange sentiu afeto pelo rapaz e, como o estado de sua saúde não lhe permitia mais que se ocupasse dos trabalhos, ele confiou ao sr. Bermond a execução de algumas encomendas que havia aceitado da parte de antigos clientes e que pareciam à altura das aptidões de seu colaborador.

Herlock se interrompeu. Pareceu-lhe que a palidez da jovem havia se acentuado. Entretanto, foi com a maior calma que ela pronunciou:

— Não conheço os fatos que me relata, senhor e, acima de tudo, não vejo como eles podem me interessar.

— Interessam no fato, senhorita, de que o sr. Maxime Bermond na verdade se chama, e sabe tão bem quanto eu, Arsène Lupin.

Ela teve um ataque de riso.

— Não é possível! Arsène Lupin? O sr. Maxime Bermond se chama Arsène Lupin?

— Como tenho a honra de lhe dizer, senhorita, e dado que se recusa a me compreender com meias palavras, acrescentarei que Arsène Lupin encontrou aqui, para a realização de seus projetos, uma amiga, mais do que uma amiga, uma cúmplice cega e... apaixonadamente dedicada.

Ela se levantou e, sem emoção, ou ao menos com tão pouca emoção que Sholmès se impressionou com tal autocontrole, declarou:

— Ignoro a finalidade de sua conduta, cavalheiro, e faço questão de ignorá-la. Suplico-lhe para que não diga mais uma palavra e para que saia daqui.

— Eu jamais tive a intenção de lhe impôr minha presença indefinidamente — respondeu Sholmès, tão calmo quanto ela. — Apenas estou decidido a não sair desta casa sozinho.

— E quem o acompanhará, meu senhor?

— A senhorita!

— Eu?

— Sim, senhorita, sairemos juntos desta mansão, e me seguirá, sem um protesto sequer, sem uma palavra.

O que havia de estranho nessa cena era a calma absoluta dos dois adversários. Em vez de um duelo implacável entre duas vontades poderosas, aquilo parecia, pela atitude de ambos, pelo tom de suas vozes, o debate cortês de duas pessoas que não compartilham da mesma opinião.

Na rotunda, através do grande arco, via-se o sr. Destange, que manuseava seus livros com gestos medidos.

Clotilde sentou-se de novo, erguendo levemente os ombros. Herlock sacou seu relógio.

— São dez e meia. Em cinco minutos, vamos partir.

— Ou?

— Ou vou ter com o sr. Destange e contarei a ele...

— O quê?

— A verdade. Contarei da vida mentirosa de Maxime Bermond, e contarei da vida dupla de sua cúmplice.

— De sua cúmplice?

— Sim, daquela que chamamos de Mulher loira, daquela que foi loira.

— E quais provas você dará a ele?

— Vou levá-lo à rua Chalgrin e mostrarei a ele a passagem que Arsène Lupin, aproveitando-se das obras que administrava, fez abrir por seus homens entre os números 40 e 42, a passagem que serviu a vocês dois, na noite de anteontem.

— E depois?

— Depois, levarei o sr. Destange à casa do dr. Detinan e desceremos a escada de serviço pela qual a senhorita desceu com Arsène Lupin para escapar de Ganimard. E nós dois procuraremos a comunicação, sem dúvida análoga, que existe com a casa vizinha, casa cuja saída dá para o bulevar dos Batignolles e não para a rua Clapeyron.

— Depois?

— Depois, levarei o sr. Destange ao castelo de Crozon, e para ele será fácil, para ele que conheceu o tipo de obra executada por Arsène Lupin na ocasião da restauração desse castelo, descobrir as passagens secretas que Arsène Lupin fez com que seus homens construíssem. O sr. Destange vai constatar que essas passagens permitiram à Mulher loira introduzir-se, de noite, nos aposentos da condessa e pegar, sobre a lareira, o diamante azul, e depois, duas semanas mais tarde, introduzir-se nos aposentos do conselheiro Bleichen e esconder o diamante no fundo de um frasco... gesto muito bizarro, admito, pequena vingança feminina, talvez, não sei, isso não importa no momento.

— E depois?

— Depois — disse Herlock com uma voz mais grave —, levarei o sr. Destange ao 134 da avenida Henri-Martin, e nós procuraremos como o barão d'Hautrec...

— Cale-se, cale-se... — balbuciou a jovem, com um pavor súbito. — Eu o proíbo...! Então ousa dizer que sou eu... me acusa...

— Eu a acuso de ter matado o barão d'Hautrec.

— Não, não, isso é uma infâmia.

— A senhorita matou o barão d'Hautrec. Ingressou na casa dele sob o nome de Antoinette Bréhat, com o objetivo de roubar o diamante azul, e o matou.

Novamente ela murmurou, aniquilada, reduzida à súplica:

— Cale-se, cavalheiro, eu lhe rogo. Já que sabe de tantas coisas, deve saber que não assassinei o barão.

— Não disse que o assassinou, senhorita. O barão d'Hautrec sofria daqueles ataques de loucura que apenas a irmã Auguste conseguia controlar. Ela própria me passou esse detalhe. Na ausência dela, ele deve ter se lançado sobre a senhorita, e foi durante a luta, para defender sua vida, que a senhorita o atingiu. Apavorada com tal ato, a senhorita tocou a campainha e fugiu sem sequer tirar do dedo de sua vítima o diamante azul que viera pegar. Um instante depois, a senhorita levou um dos cúmplices de Lupin, empregado na casa vizinha, transportou o barão até sua cama, colocou o aposento em ordem... mas ainda sem ousar pegar o diamante azul. Eis o que aconteceu. Então, repito, a senhorita não assassinou o barão. No entanto, foram as suas mãos que o golpearam.

Ela havia cruzado, sobre o rosto, suas longas mãos refinadas e pálidas, e as manteve por muito tempo assim, imóveis. Por fim, desenlaçando os dedos, revelou uma expressão dolorosa e pronunciou:

— E isso é tudo que tem a intenção de dizer a meu pai?

— Sim, e direi a ele que tenho como testemunhas a srta. Gerbois, que reconhecerá a Mulher loira, a irmã Auguste, que reconhecerá Antoinette Bréhat, a condessa de Crozon, que reconhecerá a sra. de Réal. Eis o que direi a ele.

— O senhor não ousará — disse ela, recobrando o sangue frio diante da ameaça de um perigo imediato.

Ele se levantou e deu um passo na direção da biblioteca. Clotilde o interrompeu:

— Um instante, cavalheiro.

Ela refletiu, senhora de si mesma, agora, e muito calma, perguntou:

— O senhor é Herlock Sholmès, não?

— Sim.

— O que quer de mim?

— O que quero? Envolvi-me em um duelo contra Arsène Lupin, do qual é necessário que eu saia vencedor. No aguardo de um desfecho que sei que não tardará, imagino que uma refém tão preciosa quanto a senhorita me dará, sobre meu adversário, uma vantagem considerável. Então, siga-me, senhorita, eu lhe entregarei a um de meus amigos. Assim que meu objetivo for atingido, estará livre.

— Isso é tudo?

— É tudo, não faço parte da polícia de seu país e, em consequência, não me sinto no direito... de fazer justiça.

Ela parecia decidida. No entanto, exigiu ainda um momento de trégua. Seus olhos se fecharam, e Sholmès a observou, de repente tão tranquila, quase indiferente aos perigos que a cercavam.

"Será", pensou o inglês, "que ela sequer imagina estar em perigo? Claro que não, posto que Lupin a protege. Com Lupin, nada pode lhe atingir. Lupin é todo-poderoso, Lupin é infalível".

— Senhorita — disse ele —, mencionei cinco minutos, e lá se vão mais de trinta.

— Posso subir até meu quarto, cavalheiro, e lá pegar minhas coisas?

— Se assim desejar, senhorita, irei esperá-la na rua Montchanin. Sou um excelente amigo do porteiro Jeanniot.

— Ah! O senhor sabe... — disse ela com evidente temor.

— Sei de muitas coisas.

— Que seja. Vou tocar a campainha, então.

Trouxeram-lhe seu chapéu e seu casaco, e Sholmès lhe disse:

— Precisa dar ao sr. Destange uma razão para explicar a nossa partida, e que essa razão possa justificar sua ausência por alguns dias.

— É inútil. Estarei de volta rapidamente.

Mais uma vez desafiaram-se com o olhar, ambos irônicos e sorridentes.

— Como você confia nele — disse Sholmès.

— Cegamente.

— Tudo o que ele faz está certo, não é? Tudo o que ele quer se realiza. E a senhorita aprova tudo, e está disposta a tudo por ele.

— Eu o amo — disse ela, trêmula de paixão.

— E acredita que ele a salvará?

Ela ergueu os ombros e, avançando na direção de seu pai, abordou-o.

— Vou roubar-lhe o sr. Stickmann. Nós iremos à Biblioteca Nacional.

— Volta para almoçar?

— Talvez... ou melhor, não... mas não se preocupe...

E declarou firmemente a Sholmès:

— Estou à sua disposição, cavalheiro.

— Sem estratagemas?

— De olhos fechados.

— Se tentar escapar, eu telefono, grito, vão detê-la e levá-la para a prisão. Não se esqueça de que há um mandado para a Mulher loira.

— Juro pela minha honra que não farei nada para escapar.

— Acredito na senhorita. Vamos.

Juntos, como ele havia ordenado, os dois deixaram a mansão.

Na praça, o automóvel estava estacionado, virado na direção oposta. Viam-se as costas do motorista e seu boné que cobria quase a gola de seu abrigo. Aproximando-se, Sholmès ouviu o ronco do motor. Abriu a portinhola, pediu a Clotilde para que subisse e sentou-se perto dela.

O veículo disparou bruscamente, chegou aos bulevares marginais, à avenida Hoche, à avenida de la Grande-Armée.

Herlock, pensativo, ruminava seus planos.

"Ganimard está na casa dele... deixo a moça em suas mãos... Conto para ele quem é essa moça? Não, ele a levaria diretamente para a Central, o que atrapalharia tudo. Uma vez sozinho, consultarei a lista do dossiê M.B. e parto para a caça. E nesta noite, ou no mais tardar amanhã, vou encontrar Ganimard conforme combinado, e entrego a ele Arsène Lupin e seu bando..."

Esfregou as mãos, feliz por, enfim, sentir o desfecho ao seu alcance e por ver que nenhum obstáculo sério o separava dele. E, cedendo a uma necessidade de expansão que contrastava com sua natureza, exclamou:

— Perdoe-me, senhorita, se expresso tanta satisfação. A batalha foi difícil, e o êxito me é particularmente agradável.

— Êxito legítimo, cavalheiro, com o qual tem o direito de se regozijar.

— Agradeço-lhe. Mas que caminho estranho é este! Será que o motorista não ouviu?

Naquele momento, saíam de Paris pela porta de Neuilly. No entanto, que diabo, a rua Pergolèse não ficava fora das fortificações.

Sholmès baixou o vidro.

— Ei, motorista, o senhor se enganou... rua Pergolèse...!

O homem não respondeu. Ele repetiu, elevando a voz:

— Mandei ir à rua Pergolèse.

O homem continuou sem responder.

— Ora! Mas está surdo, meu amigo? Ou está de má vontade... não temos nada o que fazer por aqui... rua Pergolèse! Eu lhe ordeno para voltar o mais rápido possível.

Sempre o mesmo silêncio. O inglês estremeceu de inquietação. Olhou para Clotilde: um sorriso indefinível vincava os lábios da moça.

— Por que está rindo...? — ele resmungou. — Esse incidente não tem relação alguma... não muda em nada as coisas...

— Absolutamente nada — respondeu ela.

De repente, uma ideia o perturbou. Erguendo-se um pouco, ele examinou mais atentamente o homem que se encontrava no assento do motorista. Os ombros eram mais magros, a atitude, mais displicente... Um suor frio o cobriu, suas mãos se crisparam, enquanto a mais terrível convicção se impunha ao seu espírito: aquele homem era Arsène Lupin.

— E então, senhor Sholmès, o que diz de nosso pequeno passeio?

— Delicioso, caro senhor, verdadeiramente delicioso — respondeu Sholmès.

É provável que ele jamais tenha sido obrigado a ir, tanto contra si mesmo quanto para articular essas palavras sem um tremor na voz, sem nada que pudesse indicar a implosão de todo o seu ser. Mas, no mesmo instante, devido a uma espécie de reação formidável, um fluxo de fúria e de ódio arrebentou os diques, carregou sua vontade, e, com um gesto brusco, sacando sua pistola, ele a apontou para a srta. Destange.

— Pare neste exato minuto, neste segundo, Lupin, ou abro fogo contra a senhorita.

— Recomendo que mire na face se quiser atingir a têmpora — respondeu Lupin sem virar a cabeça.

Clotilde pronunciou:

— Maxime, não vá tão rápido, o asfalto está escorregadio, e sou muito medrosa.

Ela continuava sorrindo, os olhos fixos na pista, que subia e descia diante do veículo.

— Diga-lhe que pare! Diga-lhe que pare logo! — disse a ela Sholmès, doido de raiva. — Vê bem que sou capaz de tudo!

O cano da pistola resvalou nos cachos do cabelo. Ela murmurou:

— Esse Maxime é de uma imprudência! Nessa velocidade, com certeza vamos derrapar.

Sholmès recolocou a arma no bolso e agarrou a maçaneta da porta, prestes a se jogar, apesar do absurdo de uma tal atitude.

Clotilde disse a ele:

— Tome cuidado, cavalheiro, há um automóvel atrás de nós.

Ele se virou. De fato, um veículo os seguia, enorme, de aspecto feroz com sua frente pontiaguda, sua cor de sangue, e os quatro homens revestidos por peles que o ocupavam.

"Ora", pensou ele, "estou bem vigiado, aguardemos".

Cruzou os braços sobre o peito, com a submissão orgulhosa daqueles que se inclinam e que esperam quando o destino se volta contra eles. E enquanto atravessavam o Sena e deixavam para trás Suresnes, Rueil, Chatou, permaneceu imóvel, resignado, senhor de sua raiva e sem amargura, desejando apenas descobrir qual milagre foi operado por Arsène Lupin para substituir o motorista. Que o bom rapaz escolhido por ele de manhã no bulevar pudesse ser um cúmplice ali posicionado de antemão, ele não o admitia. No entanto, era óbvio que Arsène Lupin fora avisado, o que só poderia ter acontecido depois do momento em que ele, Sholmès, ameaçara Clotilde, uma vez que ninguém, antes, suspeitava de seu projeto. Ora, daquele momento em diante, Clotilde e ele não saíram de perto um do outro.

Uma memória o atingiu: a ligação telefônica solicitada pela moça, a conversa com a costureira. E, no mesmo instante, ele compreendeu. Antes mesmo de falar com ela, diante do único anúncio da entrevista que solicitou como novo secretário do sr. Destange, ela havia farejado o perigo, adivinhado o nome e o intuito do visitante e, com frieza, naturalmente, como se, na realidade, cumprisse o ato que parecia cumprir, pediu para que Lupin viesse socorrê-la, sob a fachada de um serviço rotineiro, e servindo-se de fórmulas combinadas entre eles.

Como Arsène Lupin viera, como o automóvel estacionado, cujo motor trepidava, parecera-lhe suspeito, como ele subornara o motorista, tudo isso importava pouco. O que fascinava Sholmès a ponto de apaziguar sua fúria era a evocação desse instante, no qual uma simples mulher, apaixonada, é verdade, domando seus nervos, esmagando seu instinto, imobilizando os traços de seu rosto, subjugando a expressão de seus olhos, havia enganado o velho Herlock Sholmès.

O que fazer contra um homem servido por tais auxiliares, e que, apenas pela ascendência de sua autoridade, insuflava em uma mulher tais provisões de audácia e de energia?

Atravessaram o Sena e subiram a colina de Saint-Germain; mas, a quinhentos metros à frente dessa cidade, o fiacre desacelerou. O outro veículo o alcançou, e ambos pararam. Não havia ninguém nos arredores.

— Senhor Sholmès — disse Lupin —, faça a gentileza de mudar de veículo. O nosso é realmente tão lerdo...!

— Como?! — exclamou Sholmès, apressado, porque não tinha escolha.

— O senhor me permita também lhe emprestar esse casaco, porque iremos muito rápido, e lhe oferecer esses dois sanduíches... Sim, sim, aceite, sabe lá quando vai jantar!

Os quatro homens haviam saído do carro. Um deles se aproximou, e, como havia tirado os óculos que o disfarçavam, Sholmès reconheceu o senhor de sobrecasaca do restaurante húngaro. Lupin disse a ele:

— Leve de volta esse fiacre para o motorista de quem o aluguei. Ele espera no primeiro depósito de vinhos à direita da rua Legendre. Pague a ele a segunda parcela de mil francos prometida. Ah! Ia me esquecendo, queira dar seus óculos ao sr. Sholmès.

Ele conversou com a srta. Destange, depois instalou-se ao volante e partiu, Sholmès ao seu lado e, atrás dele, um de seus homens.

Lupin não exagerara quando disse que iriam "muito rápido". Desde o começo, aquela foi uma jornada vertiginosa. O horizonte vinha ao encontro deles como se atraído por uma força misteriosa, e desaparecia no mesmo instante, como se absorvido por um abismo no qual outras coisas, árvores, casas, planícies e florestas, precipitavam-se com a urgência tumultuosa de uma cachoeira que sente a aproximação do precipício.

Sholmès e Lupin não trocaram uma palavra sequer. Acima de suas cabeças, as folhas dos choupos faziam um grande barulho de ondas, bem ritmado pelo espaço regular entre as árvores. E as cidades desapareciam: Mantes, Vernon, Gaillon. De uma colina a outra, de Bon-Secours a Canteleu; Rouen, seus subúrbios, seu porto, seus quilômetros de cais, Rouen não parecia nada além do que a rua de um vilarejo. E vieram Duclair, Caudebec, a região de Caux, que ultrapassaram com as ondulações de seu voo poderoso, e Lillebonne, e Quillebeuf. E eis que se encontraram subitamente às margens do Sena, na extremidade de um pequeno cais, onde havia um iate sóbrio e de linhas robustas, e cuja chaminé lançava volutas de fumaça escura.

O veículo parou. Em duas horas, eles haviam percorrido mais de duzentos quilômetros. Um homem de impermeável azul e quepe com insígnias douradas avançou e cumprimentou.

— Perfeito, capitão! — exclamou Lupin. — Recebeu a mensagem?

— Recebi.

— A Andorinha está pronta?

— A Andorinha está pronta.
— Neste caso, senhor Sholmès...

O inglês olhou ao redor de si, viu um grupo de pessoas na varanda de um café, e logo um outro mais próximo, então, ao compreender que antes de qualquer intervenção seria agarrado, embarcado e despachado para os fundos do porão, ele atravessou a passarela e seguiu Lupin até a cabine do capitão.

Esta era ampla e meticulosamente limpa. A claridade do verniz dos lambris e o polimento do cobre cintilavam.

Lupin fechou a porta e, sem preâmbulos, quase brutalmente, disse a Sholmès:

— O que sabe, exatamente?
— Tudo.
— Tudo? Especifique.

Não havia mais na entonação de sua voz aquela polidez algo irônica que ele afetava para com o inglês. Era o tom imperioso do senhor acostumado a dar ordens e acostumado a que todos se curvem diante dele, mesmo um Herlock Sholmès.

Mediram-se com o olhar, inimigos agora, inimigos declarados e viscerais. Um pouco nervoso, Lupin prosseguiu:

— Foram várias vezes, cavalheiro, que me deparei com o senhor em meu caminho. Vezes demais, e estou farto de perder meu tempo desfazendo as armadilhas que deixa para mim. Alerto-o de que a minha conduta para consigo dependerá de sua resposta. O que sabe, exatamente?

— Tudo, cavalheiro, repito.

Arsène Lupin se conteve e, com um espasmo, disse:

— Vou lhe dizer, eu, aquilo que sabe. Sabe que, sob o nome de Maxime Bermond, eu... fiz retoques em quinze casas construídas pelo sr. Destange.

— Sim.

— Dessas quinze casas, o senhor conhece quatro.

— Sim.

— E tem a lista das outras onze.

— Sim.

— Pegou a lista na casa do sr. Destange, nesta noite, sem dúvida.

— Sim.

— E como supõe que, entre esses onze imóveis, exista um que eu fatalmente reservei para mim, para minhas necessidades e as de meus amigos, o senhor atribuiu a Ganimard a tarefa de ir a campo e descobrir meu refúgio.

— Não.

— O que quer dizer?

— Quero dizer que agi sozinho, e que eu mesmo iria a campo.

— Então, não tenho nada a temer, posto que está em minhas mãos.

— Não tem nada a temer, desde que eu esteja em suas mãos.

— Quer dizer que não continuará assim?

— Não.

Arsène Lupin chegou mais perto do inglês e pousou a mão em seu ombro com muita delicadeza:

— Escute, cavalheiro, não estou com disposição para discutir, e o senhor, infelizmente para si, não está em condições de me desafiar. Assim sendo, terminemos com isso.

— Terminemos com isso.

— Vai me dar sua palavra de honra de que não tentará escapar deste barco antes de se encontrar em águas inglesas.

— Dou minha palavra de honra de procurar escapar por todos os meios — respondeu Sholmès, indômito.

— Ora, por favor, contudo, o senhor sabe que só preciso dizer uma palavra para lhe aniquilar. Todos esses homens me obedecem cegamente. A um sinal meu, eles lhe acorrentarão o pescoço...

— As correntes se quebram.

— ...e o lançam do barco a dezesseis quilômetros da costa.

— Sei nadar.

— Boa resposta — exclamou Lupin, rindo. — Deus me perdoe, eu estava com raiva. Desculpe-me, mestre... e vamos concluir. Admite que tomo as medidas necessárias para a minha segurança e a de meus amigos?

— Todas as medidas. Mas elas são inúteis.

— De acordo. No entanto, não me quer mal por eu tomá-las.

— É seu dever. Vamos.

Lupin abriu a porta e chamou o capitão e dois marinheiros. Estes pegaram o inglês e, após revistá-lo, amarraram suas pernas e o prenderam no beliche do capitão.

— Chega! — ordenou Lupin. — Na verdade, apenas a sua obstinação, cavalheiro, e a gravidade excepcional das circunstâncias para que eu ouse me permitir...

Os marinheiros se retiraram. Lupin disse ao capitão:

— Capitão, um homem da tripulação permanecerá aqui à disposição do sr. Sholmès, e mesmo o senhor o acompanhará o máximo possível. Tenham toda a consideração por ele. Não é um prisioneiro, mas um hóspede. Que horas são em seu relógio, capitão?

— Duas e cinco.

Lupin consultou seu relógio, depois um pêndulo pregado à antepara da cabine.

— Duas e cinco...? Estamos de acordo. De quanto tempo precisa para ir a Southampton?

— Nove horas, sem nos apressarmos.

— Chegarão às onze. Não deve chegar à terra antes da partida do paquete que deixa Southampton à meia-noite e que chega ao Havre às oito da manhã. Você me escuta, certo, capitão? Repito: como seria infinitamente perigoso para todos nós que o cavalheiro voltasse à França neste barco, não pode chegar a Southampton antes de uma da manhã.

— Entendido.

— Eu lhe saúdo, mestre. Até o ano que vem, neste mundo ou no outro.

— Até amanhã.

Alguns minutos mais tarde, Sholmès ouviu o automóvel se distanciando, e no mesmo instante, nas profundezas do Andorinha, o vapor ofegou mais intensamente. O barco zarpava.

Por volta das três, haviam ultrapassado o estuário do Sena e entravam no mar aberto. Nesse momento, estendido no beliche ao qual estava preso, Herlock Sholmès dormia profundamente.

Na manhã seguinte, décimo e último dia da guerra travada pelos dois grandes rivais, o Écho de France publicou esta deliciosa nota:

> *"Ontem um decreto de expulsão foi expedido por Arsène Lupin contra Herlock Sholmès, detetive inglês. Assinado ao meio-dia, o decreto foi executado no mesmo dia. À uma hora da manhã, Sholmès foi desembarcado em Southampton."*

Capítulo 6

A SEGUNDA PRISÃO DE ARSÈNE LUPIN

Desde as oito horas, doze veículos de mudança obstruíam a rua Crevaux, entre a avenida do Bois de Boulogne e a avenida Bugeaud. O sr. Félix Davey deixava o apartamento que ocupava no quarto andar do número 8. E o sr. Dubreuil, perito em arte, que havia juntado em um único apartamento o quinto andar do mesmo prédio e o quinto andar dos dois prédios contíguos, expedia no mesmo dia — pura coincidência, dado que esses dois senhores não se conheciam — as coleções de móveis que tantos diletantes estrangeiros o visitavam cotidianamente para conhecer.

Um detalhe que foi notado no bairro, mas do qual só se falou mais tarde, é que nenhum dos doze veículos portava o nome e o endereço da empresa de mudanças, e nenhum dos homens que vieram neles se retardou nos bares da vizinhança. Trabalharam tão bem que às onze horas estava tudo terminado. Não sobrou nada além daqueles amontoados de papéis e de trapos deixados para trás, nos cantos de cômodos vazios.

O sr. Félix Davey, um rapaz elegante, trajado de acordo com a moda mais refinada, mas que à mão tinha uma bengala cujo peso indicava em seu detentor um bíceps pouco ordinário, o sr. Félix saiu tranquilamente e se sentou no banco da aleia transversal que corta a avenida du Bois, diante da rua Pergolèse. Perto dele, uma mulher, trajada como pequena burguesa, lia seu jornal, enquanto uma criança brincava de escavar com uma pá em uma porção de areia.

Ao cabo de um instante, Félix Davey disse à mulher, sem virar a cabeça:

— Ganimard?

— Saiu às nove desta manhã.

— Para onde?

— Para a chefatura de Polícia.

— Sozinho?

— Sozinho.

— Nenhuma mensagem esta noite?

— Nenhuma.

— Continuam confiando em você na casa?

— Continuam. Faço pequenos serviços à sra. Ganimard, e ela me conta tudo o que faz o marido... passamos a manhã juntas.

— Está bem. Até nova ordem, continue a vir para cá diariamente, às onze horas.

Ele se levantou e se dirigiu para o Pavilhão Chinês, perto da porta Dauphine, onde fez uma refeição frugal, com ovos, legumes e frutas. Depois, retornou à rua Crevaux e disse à zeladora:

— Vou dar uma olhada lá em cima, e já lhe devolvo as chaves.

Terminou a inspeção pelo cômodo que lhe servia de gabinete de trabalho. Lá, pegou a ponta de um duto de gás cujo cotovelo era articulado e que pendia ao longo da lareira, retirou o tampo de cobre que o fechava, adaptou um pequeno aparato em forma de corneta e o soprou.

Um suave apito respondeu. Levando o duto à boca, ele murmurou:

— Ninguém, Dubreuil?

— Ninguém.

— Posso subir?

— Sim.

Ele recolocou o duto em seu lugar, dizendo a si mesmo: "Até onde vai o progresso? Em nosso século, abundam pequenas invenções que realmente tornam a vida encantadora e pitoresca. E tão divertida...! Sobretudo quando se sabe jogar com a vida como eu".

Fez girar uma das molduras de mármore da lareira. A placa de mármore se moveu, e o espelho que a encimava deslizou por ranhuras invisíveis, revelando uma ampla abertura onde repousavam os primeiros degraus de uma escada construída no próprio corpo da chaminé; tudo muito bem executado, em metal cuidadosamente polido e em azulejos de porcelana branca.

Ele subiu. No quinto andar, o mesmo orifício acima da chaminé. O sr. Dubreuil o esperava.

— Terminou na sua casa?

— Terminou.

— Foi tudo levado?

— Inteiramente.

— O pessoal?

— Só ficaram os três seguranças.

— Vamos.

Um depois do outro, subiram pelo mesmo caminho até o andar dos criados, e saíram em uma mansarda onde se encontravam três indivíduos, um dos quais olhava pela janela.

— Nada de novo?

— Nada, patrão.

— A rua está calma?

— Absolutamente.

— Mais dez minutos e parto definitivamente... Vocês partirão também. Daqui até lá, avisem-me de qualquer movimento suspeito na rua.

— Mantenho sempre o dedo na campainha de alarme, patrão.

— Dubreuil, você recomendou aos nossos encarregados da mudança para não tocarem nos fios dessa campainha?

— Com certeza, está funcionando perfeitamente.

— Então, fico tranquilo.

Os dois cavalheiros voltaram ao apartamento de Félix Davey. E este, depois de ter reajustado a moldura de mármore, exclamou alegremente:

— Dubreuil, eu queria ver a expressão daqueles que vão descobrir todos esses admiráveis truques, campainhas de alarme, redes de fios elétricos e de dutos acústicos, passagens invisíveis, tacos que deslizam, escadas ocultas... uma verdadeira maquinaria mágica!

— Que propaganda para Arsène Lupin!

— Uma propaganda que viria bem a calhar. É uma pena deixar uma instalação assim. Devemos recomeçar do zero, Dubreuil... e com um novo modelo, evidentemente, porque jamais podemos nos repetir. Maldito seja Sholmès!

— Ainda não voltou, o Sholmès?

— Como voltaria? De Southampton, há um único paquete, o da meia-noite. Do Havre, um único trem, o das oito horas da manhã, que chega às onze e onze. Posto que ele não pegou o paquete da meia-noite — e não pegou, considerando as instruções objetivas dadas ao capitão —, ele não poderia estar na França antes dessa noite, via Newhaven e Dieppe.

— Isso se conseguir!

— Sholmès jamais abandona a partida. Ele virá, mas tarde demais. Estaremos longe.

— E a srta. Destange?

— Devo encontrá-la em uma hora.

— Na casa dela?

— Oh! Não, ela só voltará à casa dela em alguns dias, depois da tormenta... e quando eu não tiver mais que me preocupar com ela. Mas você, Dubreuil, precisa se apressar. A embarcação de todos os nossos pacotes será longa, e sua presença no cais é necessária.

— Tem certeza de que não somos vigiados?

— Por quem? Eu só temia Sholmès.

Dubreuil se retirou. Félix Davey deu uma última volta, pegou duas ou três cartas rasgadas, depois, percebendo um pedaço de giz, pegou-o, desenhou no papel de parede escuro da sala de jantar uma grande moldura e nela escreveu, como se costuma fazer em uma placa comemorativa:

"AQUI MOROU, DURANTE CINCO ANOS, NO INÍCIO DO SÉCULO XX, ARSÈNE LUPIN, LADRÃO DE CASACA."

Essa pequena brincadeira pareceu causar-lhe uma viva satisfação. Contemplou-a, assobiando uma melodia alegre, e exclamou:

— Agora que estou acertado com os historiadores das gerações futuras, hora de escapar. Apresse-se, mestre Herlock Sholmès, antes de três minutos eu terei abandonado meu covil, e sua derrota será total... Dois minutos, ainda! Está me fazendo esperar, mestre...! Mais um minuto! Não vem? Então, proclamo a sua ruína e a minha apoteose. Diante disso, eu me safo. Adeus, reino de Arsène Lupin! Não o verei mais. Adeus, cinquenta e cinco cômodos dos seis apartamentos nos quais eu reinava! Adeus, meu quartinho, meu austero quartinho!

Uma campainha cortou imediatamente seu rompante de lirismo, uma campainha aguda, rápida e estridente, que se interrompeu duas vezes, foi retomada duas vezes e parou. Era a campainha do alarme.

O que acontecia, então? Qual perigo imprevisto? Ganimard? Mas não...

Fez menção de voltar ao seu escritório e fugir. Mas, primeiro, dirigiu-se até a janela. Ninguém na rua. Estaria, então, o inimigo já dentro da casa? Escutou e acreditou ouvir rumores confusos. Sem hesitar, correu até seu gabinete de trabalho e, quando atravessava a soleira, percebeu o ruído de uma chave que tentavam introduzir na porta do vestíbulo.

— Diabo — murmurou —, na pior hora. A casa talvez esteja cercada... a escada de serviço, impossível. Felizmente a lareira...

Empurrou com força a moldura: não se moveu. Fez um esforço mais violento: não se moveu.

No mesmo instante, teve a impressão de que a porta se abria lá embaixo e de que passos ressoavam.

— Maldição — praguejou —, estarei perdido se essa porcaria de mecanismo...

Seus dedos convulsionaram ao redor da moldura. Empurrou com todo o seu peso. Nada se moveu. Nada! Por um azar inacreditável, por uma maldade realmente aterrorizante do destino, o mecanismo, que funcionara havia alguns minutos, não funcionava mais!

Ele insistia e se crispava. O bloco de mármore continuava inerte, imutável. Maldição! Seria admissível que esse obstáculo estúpido lhe barrasse o caminho? Bateu no mármore, golpeou com punhos furiosos, martelou, xingou...

— E então, senhor Lupin, por acaso há alguma coisa que não funciona como gostaria?

Lupin se voltou, tremendo de pavor. Herlock Sholmès estava à sua frente!

Herlock Sholmès! Fitou-o piscando os olhos, como se perturbado por uma visão cruel. Herlock Sholmès em Paris! Herlock Sholmès, que ele havia despachado na véspera rumo à Inglaterra como se fosse um pacote perigoso, e que se apresentava à sua frente, vitorioso e livre! Ah! Para que aquele milagre impossível tivesse se realizado contra a vontade de Arsène Lupin, era necessária uma convulsão das leis naturais, o triunfo de tudo o que é ilógico e anormal! Herlock Sholmès à sua frente!

E o inglês pronunciou, por sua vez irônico e cheio daquela civilidade desdenhosa com a qual seu adversário o havia tantas vezes atingido:

— Senhor Lupin, aviso-o de que, a partir deste minuto, nunca mais pensarei na noite que me fez passar na mansão do barão d'Hautrec, nem nas desventuras do meu amigo Wilson, nem no meu rapto de automóvel, tampouco na viagem que acabo de fazer, amarrado, por ordens suas, a um beliche pouco confortável. Este minuto apaga tudo. Não me lembro de mais nada. Estou recompensado. Estou magnificamente recompensado.

Lupin manteve o silêncio. O inglês prosseguiu:

— Não é sua opinião?

Parecia insistir como se reivindicasse uma aquiescência, uma espécie de indenização em nome do passado.

Após um instante de reflexão, durante o qual o inglês se sentiu invadido, perscrutado até as áreas mais profundas de sua alma, Lupin declarou:

— Suponho, cavalheiro, que sua conduta atual se ampare em motivos graves?

— Extremamente graves.

— O fato de ter escapado de meu capitão e de meus marujos é apenas um incidente secundário na nossa luta. Mas o fato de estar aqui, diante de mim, sozinho, o senhor entende, sozinho frente a frente com Arsène

Lupin, me faz crer que sua revanche é tão completa quanto possível.

— Tão completa quanto possível.
— Este prédio?
— Cercado.
— Os dois prédios vizinhos?
— Cercados.
— O apartamento acima deste?
— Os *três* apartamentos do quinto andar que o sr. Dubreuil ocupava, cercados.
— De modo que...
— De modo que o senhor está preso, sr. Lupin, irremediavelmente preso.

Os mesmos sentimentos que agitaram Sholmès durante seu passeio de automóvel, Lupin provou-os, a mesma fúria concentrada, a mesma revolta — mas também, afinal de contas, a mesma lealdade o curvou diante da força das circunstâncias. Dois homens, igualmente poderosos, deviam aceitar, da mesma forma, a derrota como um mal provisório ao qual devemos nos resignar.

— Estamos quites, cavalheiro — disse Lupin com clareza.

O inglês pareceu radiante com essa confissão. Eles se calaram. Depois, Lupin retomou, já senhor de si e sorrindo:

— E não estou bravo com isso! Estava ficando cansativo ganhar todas as vezes. Bastava-me estender o braço para atingi-lo em cheio no peito. Desta vez, fui atingido. *Touché*, mestre!

E riu abertamente.

— Enfim, vão se divertir. Lupin está na ratoeira. Como sairá dela? Na ratoeira...! Que aventura... Ah, mestre, eu lhe devo uma singular emoção. É isto, a vida!

Apertou as têmporas com os dois punhos fechados, como para comprimir a alegria desordenada que borbulhava nele, e também fazia gestos de uma criança que decididamente se diverte muito além de suas forças.

Por fim, aproximou-se do inglês.

— E agora, o que está esperando?

— O que estou esperando?

— Sim, Ganimard está aqui, com seus homens. Por que ele não entra?

— Pedi para que não entrasse.

— E ele consentiu?

— Só requisitei os serviços dele com a condição expressa de que se deixasse guiar por mim. Além disso, ele crê que o sr. Félix Davey é apenas um cúmplice de Lupin!

— Então, repito minha pergunta com outra formulação. Por que entrou sozinho?

— Quis primeiro falar com o senhor.

— Ah! Ah! Quer falar comigo.

Essa ideia pareceu agradar singularmente a Lupin. Há aquelas circunstâncias nas quais preferimos de longe as palavras aos atos.

— Senhor Sholmès, lamento não ter uma poltrona para lhe oferecer. Este velho caixote quebrado lhe agrada? Ou ainda o parapeito daquela janela? Tenho certeza de que um copo de cerveja seria bem-vindo... escura ou clara...? Mas sente-se, eu lhe suplico...

— É inútil. Conversemos.

— Estou escutando.

— Serei breve. O objetivo de minha estadia na França não era a sua prisão. Se fui levado a persegui-lo, foi porque nenhum outro meio se apresentava para eu atingir meu verdadeiro objetivo.

— Que era?

— Encontrar o diamante azul!

— O diamante azul!

— Naturalmente, porque aquele que foi descoberto no frasco do cônsul Bleichen não era o verdadeiro.

— De fato. O verdadeiro foi expedido pela Mulher loira, mandei fazer uma cópia exata, e como, então, eu tinha planos para as outras joias da condessa, e como o cônsul Bleichen já era suspeito, a mencionada Mulher loira, para não se tornar suspeita por sua vez, deslizou o diamante falso nas bagagens do mencionado cônsul.

— Enquanto o senhor guardava o verdadeiro.

— Naturalmente.

— Preciso desse diamante.

— Impossível. Mil perdões.

— Eu o prometi à condessa de Crozon. E o terei.

— Como o terá se ele está em minha posse?

— Eu o terei justamente porque está em sua posse.

— Vou dá-lo ao senhor, então?

— Sim.

— Voluntariamente?

— Eu o compro.

Lupin teve um acesso de riso.

— O senhor é realmente de seu país. Trata isso como um negócio.

— É um negócio.
— E o que me oferece?
— A liberdade da srta. Destange.
— Sua liberdade? Que eu saiba, ela não está detida.
— Darei a Ganimard as indicações necessárias. Privada de sua proteção, ela será presa, também.

Lupin gargalhou novamente.

— Caro cavalheiro, o senhor me oferece o que não tem. A srta. Destange está em segurança, e não temo nada. Solicito outra coisa.

O inglês hesitou, visivelmente embaraçado, o rosto levemente enrubescido. Depois, bruscamente, colocou a mão no ombro de seu adversário:

— E se eu lhe propuser...
— Minha liberdade?
— Não... mas, afinal, posso sair desse cômodo, me acertar com o sr. Ganimard...
— E me deixar refletir?
— Sim.
— Ah! Meus Deus, e isso me serviria para quê? Esse mecanismo diabólico não funciona mais — disse Lupin, empurrando com irritação a moldura da lareira.

Abafou um grito de estupefação desta vez, porque — capricho das coisas, retorno inesperado da sorte — o bloco de mármore havia se movimentado sob seus dedos!

Era a saída, a evasão possível. Neste caso, de que serviria se submeter às condições de Sholmès?

Andou de um lado para o outro, como se meditasse na resposta. Depois, por sua vez, colocou a mão no ombro do inglês.

— Pensando bem, sr. Sholmès, acho melhor fazer meus pequenos negócios sozinho.

— No entanto...

— Não, não preciso de ninguém.

— Quando Ganimard o agarrar, será o fim. Não vão deixá-lo escapar.

— Quem sabe!

— Vamos, isso é loucura. Todas as saídas estão ocupadas.

— Resta uma.

— Qual?

— Aquela que escolherei.

— Palavras! Sua detenção pode ser considerada como efetuada.

— Ainda não.

— E então?

— Então, guardo o diamante azul.

Sholmès sacou seu relógio.

— São duas e cinquenta. Às três horas, chamo Ganimard.

— Temos, então, dez minutos para bater papo. Aproveitemos, sr. Sholmès, e, para satisfazer a curiosidade que me devora, conte-me como encontrou meu endereço e meu nome de Félix Davey.

Observando atentamente Lupin, cujo bom humor o inquietava, Sholmès se prestou de bom grado à breve explicação que exaltava seu amor-próprio, e começou:

— Seu endereço? Peguei-o com a Mulher loira.

— Clotilde!

— Ela mesma. Lembra-se... Na manhã de ontem... Quando eu quis levá-la no automóvel, ela telefonou para sua costureira.

— De fato.

— Bem, compreendi posteriormente que a costureira era o senhor. E, no barco, esta noite, graças a um esforço de memória, que talvez seja uma das coisas de que posso me envaidecer, consegui reconstituir os dois últimos algarismos de seu número de telefone... 73. Assim, possuindo a lista de seus imóveis "retocados", foi-me fácil, no momento de minha chegada a Paris, nesta manhã, às onze horas, procurar e descobrir no catálogo de telefones o nome e o endereço do sr. Félix Davey. Após conhecer o nome e o endereço, solicitei a ajuda do sr. Ganimard.

— Admirável! De primeira categoria! Só me resta me curvar. Mas o que não compreendo é que o senhor tomou o trem do Havre. Como conseguiu se evadir do *Andorinha*?

— Eu não me evadi.

— No entanto...

— O senhor havia ordenado ao capitão para não chegar a Southampton antes da uma da manhã. Fui desembarcado à meia-noite. Então, pude tomar o paquete do Havre.

— O capitão me traiu assim? É inadmissível.

— Ele não o traiu.

— Então?

— Foi o relógio dele.
— O relógio?
— Sim, o relógio que adiantei em uma hora.
— Como?
— Como adiantamos um relógio, girando o ponteiro. Nós conversávamos, sentados um perto do outro, eu lhe contava histórias que o interessavam... Ora, ele não percebeu nada.
— Bravo, bravo, a jogada foi brilhante, vou guardá-la para mim. Mas e o relógio de parede que estava pendurado na divisória de sua cabine?
— Ah, esse relógio foi mais difícil, porque minhas pernas estavam atadas, mas o marinheiro que me vigiava durante as ausências do capitão se predispôs a dar um empurrãozinho nos ponteiros.
— Ele? Ora! Ele consentiu...?
— Oh! Ele ignorava a importância de seu ato. Eu lhe disse que precisava, a todo custo, pegar o primeiro trem para Londres, e... Ele se deixou convencer...
— Graças a...
— Graças a um pequeno presente... Que o excelente homem, ademais, tem a intenção de lhe entregar lealmente.
— Qual presente?
— Quase nada.
— Ora, diga.
— O diamante azul.
— O diamante azul!
— Sim, o falso, aquele que o senhor substituiu pelo diamante da condessa e que ela confiou a mim...

Foi uma explosão de risos, súbita e tumultuosa. Lupin se pasmava, os olhos molhados de lágrimas.

— Deus, como é engraçado! Meu falso diamante repassado ao marujo! E o relógio do capitão! E os ponteiros do relógio de parede...!

Nunca antes Sholmès sentira assim tão violento o embate entre Lupin e ele. Com seu prodigioso instinto, intuía, sob aquela alegria excessiva, uma formidável concentração de pensamento, como uma compilação de todas as faculdades.

Pouco a pouco, Lupin se aproximou. O inglês recuou e, distraidamente, deslizou os dedos dentro do bolso de sua algibeira.

— São três horas, sr. Lupin.

— Três horas, já? Que pena...! Estávamos nos divertindo tanto...!

— Espero por sua resposta.

— Minha resposta? Meu Deus, como é exigente! Então, é o final da partida que disputamos. E em jogo, a minha liberdade!

— Ou o diamante azul.

— Que seja... jogue primeiro. O que faz o senhor?

— Jogo o rei — disse Sholmès, disparando o revólver.

— E eu, o curinga — respondeu Arsène, projetando o punho na direção do inglês.

Sholmès havia disparado no ar para chamar Ganimard cuja intervenção lhe parecia urgente. Mas o punho de Arsène atingiu em cheio o estômago de Sholmès, que empalideceu e cambaleou. De um salto, Lupin chegou à lareira, e a moldura de mármore já se sacudia... tarde demais! A porta se abriu.

— Entregue-se, Lupin. Senão...

Ganimard, posicionado, sem dúvida, mais perto do que Lupin havia imaginado, Ganimard estava lá, o revólver apontado para ele. E atrás de Ganimard, dez homens, vinte homens se acotovelavam, esses brutamontes sem escrúpulos, que o teriam abatido como um cão ao menor sinal de resistência.

Fez um gesto muito calmo.

— Abaixem as patas! Eu me rendo.

E cruzou os braços no peito.

Houve uma espécie de estupor. No cômodo desguarnecido de seus móveis e de suas cortinas, as palavras de Arsène Lupin se prolongaram como um eco. "Eu me rendo!" Palavras inacreditáveis. Esperavam que ele desaparecesse repentinamente por um alçapão, ou que uma parte da parede desabasse à frente dele e o furtasse mais uma vez a seus agressores. E ele se rendia!

Ganimard avançou e, muito nervoso com toda a gravidade que exigia um tal ato, lentamente, estendeu a mão na direção de seu adversário e teve o prazer infinito de pronunciar:

— Eu o prendo, Lupin.

— *Brrr* — estremeceu Lupin —, o senhor me assusta, meu bom Ganimard. Que expressão lúgubre! Parece que o senhor fala diante do túmulo de um amigo. Vamos, não assuma esses ares de enterro.

— Eu o prendo.

— E isso o choca? Em nome da lei da qual é o fiel executor, Ganimard, inspetor-chefe, prende o malvado Lupin. Momento histórico do qual os senhores captam toda a importância... E é a segunda vez que semelhante fato se produz. Bravo, Ganimard, o senhor irá longe em sua carreira!

E ofereceu os pulsos às algemas de aço...

Foi um acontecimento que se realizou de maneira um pouco solene. Os agentes, apesar de sua corriqueira brusquidão e da aspereza de seu ressentimento contra Lupin, agiam com reserva, espantados com o fato de que lhes fora permitido tocar naquela criatura intangível.

— Meu pobre Lupin — suspirou ele —, o que diriam teus amigos do nobre *faubourg* se o vissem assim humilhado?

Afastou os punhos com o esforço progressivo e contínuo de todos os seus músculos. As veias de sua testa saltaram. Os elos da corrente penetraram sua pele.

— Vamos — disse.

A corrente arrebentou, quebrada.

— Uma outra, camaradas, esta aqui não vale nada.

Puseram-lhe duas. Ele aprovou.

— Até que enfim! Nunca é demais exagerar nas precauções. — Depois, contando os agentes, perguntou:

— Quantos os senhores são, meus amigos? Vinte e cinco? Trinta? É muito... nada mais a fazer. Ah! Se fossem apenas quinze!

Era, de fato, uma atuação, uma atuação de um grande ator que interpreta seu papel por instinto e com verve, com impertinência e leveza. Sholmès o observava, como observamos um belo espetáculo do qual apreciamos todas as belezas e todas as nuances. E, realmente, ele teve a impressão bizarra de que a luta era igual entre esses trinta homens de um lado, sustentados por todo o aparato formidável da justiça, e do outro lado essa criatura solitária, sem armas e acorrentada. Os dois lados se equivaliam.

— E então, mestre — disse Lupin —, eis a sua obra. Graças ao senhor, Lupin vai apodrecer sobre a palha úmida das masmorras. Admite que sua consciência não está absolutamente tranquila e que o remorso o devora?

Sem querer, o inglês ergueu os ombros, como se dissesse "só dependia do senhor...".

— Jamais! Jamais... — exclamou Lupin. — Dar-lhe o diamante azul? Ah! Não, ele já me custou muito trabalho. Fico com ele. Na ocasião da primeira visita que terei a honra de lhe fazer em Londres, no mês que vem, sem dúvida, vou lhe contar as razões... mas estará em Londres, no mês que vem? Prefere Viena? São Petersburgo?

Sobressaltou-se. No teto, subitamente, soou uma campainha. E não era a campainha de alarme, mas a do telefone cujos fios terminavam em seu escritório, entre as duas janelas, e cujo aparelho não havia sido levado.

O telefone! Ah, quem, então, cairia na armadilha posta por um abominável acaso! Arsène Lupin ensaiou um movimento de raiva na direção do aparelho, como se quisesse quebrá-lo, reduzi-lo a pedacinhos e, assim, sufocar a voz misteriosa que queria falar com ele. Mas Ganimard pegou o fone e se inclinou.

— Alô... alô... o número 648-73... sim, é aqui.

Rapidamente, com autoridade, Sholmès o afastou, pegou os dois receptores e aplicou seu lenço no bocal para tornar mais indistinto o som da sua voz.

Nesse momento, ergueu os olhos para Lupin. E o olhar que trocaram lhes provou que o mesmo pensamento os havia atingido a ambos, e que ambos previram até as últimas consequências dessa hipótese possível, provável, quase certa: era a Mulher loira que telefonava. Pensava ter telefonado para Félix Davey, ou ainda a Maxime Bermond, e era a Sholmès que ela iria se abrir!

E o inglês falou:

— Alô...! Alô...!

Um silêncio, e depois Sholmès:

— Sim, sou eu, Maxime.

Imediatamente, todo o drama se desenhou, com uma precisão trágica. Lupin, o indomável e zombeteiro Lupin, sequer conseguia esconder sua ansiedade e, com expressão pálida de angústia, esforçava-se para ouvir, para entender. E Sholmès continuou, em resposta à voz misteriosa:

— Alô... Alô... Claro que sim, tudo está terminado, e eu me preparava justamente para encontrá-la, como estava combinado... Onde...? Ora, no lugar em que você está. Não acha que é aí...

Ele hesitou, procurando pelas palavras, depois se interrompeu. Estava claro que tratava de interrogar a jovem sem entregar muito de si mesmo, e que ignorava, em absoluto, onde ela se encontrava. Além disso, a presença de Ganimard parecia incomodá-lo... Ah! Se qualquer milagre pudesse cortar o fio daquela conversa diabólica! Lupin o invocava com todas as suas forças, com todos os seus nervos retesados!

E Sholmès pronunciou:

— Alô...! Alô...! Não me ouve...? Nem eu... muito mal... não consigo distinguir... você escuta? Então, é isso... pensando bem... é melhor você voltar para sua casa... qual perigo? Nenhum... Mas ele está na Inglaterra! Recebi um despacho de Southampton que me confirmou sua chegada.

A ironia dessas palavras! Sholmès as articulou com um bem-estar inexplicável. E acrescentou:

— Assim sendo, não perca tempo, querida amiga, já a encontro.

Desligou o aparelho.

— Sr. Ganimard, peço-lhe três de seus homens.

— É para a Mulher loira, não?

— Sim.

— Sabe quem é e onde está?

— Sim.

— Uau! Bela captura. Com Lupin... a missão está completa. Folenfant, leve dois homens e acompanhe o cavalheiro.

O inglês se afastou, seguido pelos três agentes.

Estava acabado. A Mulher loira, ela também, cairia no poder de Sholmès. Graças à sua admirável obstinação, graças à cumplicidade de eventos felizes, a batalha se concluía em vitória para ele e, para Lupin, em um desastre irreparável.

— Sr. Sholmès! — o inglês parou.

— Sr. Lupin?

Lupin parecia profundamente abalado com aquele último golpe. Rugas vincavam sua testa. Ele estava exausto e triste. No entanto, reergueu-se com um sobressalto de energia. E, apesar de tudo, alegre, despreocupado, exclamou:

— O senhor há de convir que o destino insiste contra mim. Ainda há pouco, ele me impediu de evadir por esta lareira e me entregou ao senhor. Agora, ele se serve do telefone para lhe presentear com a Mulher loira. Eu me curvo perante suas ordens.

— O que quer dizer?

— Quero dizer que estou pronto para reabrir as negociações.

Sholmès chamou o inspetor de lado e solicitou, em um tom que, aliás, não admitia qualquer réplica, a autorização de trocar algumas palavras com Lupin. Depois, voltou para este. Colóquio supremo! Começou em um tom seco e nervoso:

— O que quer?

— A liberdade da srta. Destange.

— Sabe o preço?

— Sim.

— E o aceita?

— Aceito todas as suas condições.

— Ah...! — disse o inglês, espantado. — Mas... Mas o senhor havia recusado... Por sua...

— Tratava-se de mim, sr. Sholmès. Agora, trata-se de uma mulher... E de uma mulher que amo. Na França, veja o senhor, nós temos ideias muito singulares sobre essas coisas. E não é por que nos chamamos Lupin que agimos de forma diferente... Ao contrário!

Disse isso muito calmamente. Sholmès inclinou a cabeça de forma imperceptível e murmurou:

— E o diamante azul?

— Pegue a minha bengala, ali, no canto da lareira. Agarre com uma mão o castão e, com a outra, gire a argola de ferro que está na outra extremidade do bastão.

Sholmès pegou a bengala e girou a argola e, ao fazê-lo, percebeu que o castão se soltou. No interior desse castão se encontrava uma bola de argamassa. Nessa bola, um diamante.

Examinou-o. Era o diamante azul.

— A srta. Destange está livre, sr. Lupin.

— Livre no futuro assim como no presente? Ela não tem nada a temer do senhor?

— Nem de ninguém.

— Não importa o que acontecer?

— Não importa o que acontecer. Não sei mais seu nome nem seu endereço.

— Obrigado. E até breve. Porque vamos nos reencontrar, não é, sr. Sholmès?

— Não tenho dúvidas.

Houve entre o inglês e Ganimard uma explicação bastante agitada, a qual Sholmès abreviou com certa brusquidão.

— Lamento muito, sr. Ganimard, por não partilhar sua opinião. Mas não tenho tempo para convencê-lo. Parto para a Inglaterra em uma hora.

— Mas... a Mulher loira...?

— Não conheço essa pessoa.

— Ora, um instante atrás...

— É pegar ou largar. Eu já lhe entreguei Lupin. Aqui está o diamante azul... que o senhor mesmo terá o prazer de devolver à condessa de Crozon. Parece-me que não tem do que se queixar.

— Mas a Mulher loira?

— Encontre-a.

Enfiou o chapéu na cabeça e partiu rapidamente, como alguém que não tem o costume de se retardar quando seus negócios foram resolvidos.

— Boa viagem, mestre — gritou Lupin. — E pode acreditar que jamais me esquecerei das relações cordiais que cultivamos. Minhas lembranças ao sr. Wilson.

Não obteve nenhuma resposta, e brincou:

— É o que chamamos de sair à inglesa. Ah! Esse digno ilhéu não possui aquela flor de cortesia pela qual nos distinguimos. Pense um pouco, Ganimard, na saída que um francês teria realizado em circunstâncias parecidas, sob quais refinamentos de polidez ele teria mascarado seu triunfo...! Mas, Deus me perdoe, Ganimard, o que está fazendo? Ora, vamos, uma revista! Mas não há mais nada, meu pobre amigo, sequer um pedaço de papel. Meus arquivos estão em um lugar seguro.

— Quem sabe? Quem sabe?

Lupin resignou-se. Retido por dois inspetores, cercado por todos os outros, assistiu pacientemente às diversas operações. Mas, ao cabo de vinte minutos, suspirou:

— Vamos, Ganimard, você não termina nunca.

— Então, está com muita pressa?

— Se estou com pressa? Tenho um encontro urgente!
— Na Central?
— Não, na cidade.
— Bah! E que horas?
— Às duas.
— São três.
— Justamente, chegarei atrasado, e não há nada que eu deteste mais do que estar atrasado.
— Pode me dar cinco minutos?
— Nem um a mais.
— Muito amável... vou tratar de...
— Não fale tanto... de novo esse armário? Mas está vazio!
— No entanto, aqui tem algumas cartas.
— Velhas faturas!
— Não, um pacote amarrado com uma fita.
— Uma fita rosa? Oh! Ganimard, não desate, por amor aos céus!
— É de uma mulher?
— Sim.
— Uma mulher da sociedade?
— Da melhor.
— Seu nome?
— Sra. Ganimard.
— Muito engraçado! Muito engraçado! — exclamou o inspetor em um tom ofendido.

Nesse momento, os homens enviados a outros cômodos anunciaram que as revistas não tinham dado resultado algum. Lupin começou a rir.

— Meu Deus, será que esperavam descobrir a lista dos meus camaradas, ou a prova de minhas relações com o imperador da Alemanha? O que precisa procurar, Ganimard, são os pequenos mistérios deste apartamento. Por exemplo, esse tubo de gás é um tubo acústico. Essa lareira contém uma escada. Essa parede é oca. O emaranhado das campainhas! Veja, Ganimard, aperte esse botão...

Ganimard obedeceu.

— Não ouve nada? — interrogou Lupin.

— Não.

— Eu também não. Contudo, o senhor ordenou ao comandante do meu parque aerostático para que prepare o dirigível que, em breve, vai nos levar pelos ares.

— Vamos — disse Ganimard, que havia terminado a inspeção —, chega de besteiras, e a caminho!

Deu alguns passos, os homens o seguiram.

Lupin não se moveu um milímetro sequer. Empurraram-no. Em vão.

— E então — disse Ganimard —, o senhor se recusa a caminhar?

— De modo algum.

— Neste caso...

— Mas isso depende.

— Do quê?

— Do lugar ao qual vão me conduzir.

— À Central, é claro.

— Então, não saio do lugar. Não tenho nada para fazer na Central.

— Mas está louco?

— Não tive a honra de avisá-lo de que tinha um encontro urgente?

— Lupin!

— Ora, Ganimard, a Mulher loira aguarda a minha visita, e o senhor acha que sou grosseiro a ponto de deixá-la nessa inquietação? Seria indigno de um homem galante.

— Escute, Lupin — disse o inspetor, a quem aquela brincadeira começava a irritar —, até aqui tive para com o senhor uma consideração excessiva. Mas há limites. Siga-me.

— Impossível. Tenho um encontro, e comparecerei a esse encontro.

— Pela última vez.

— Im-pos-sí-vel.

Ganimard deu um sinal. Dois homens pegaram Lupin pelos braços. Mas o soltaram no mesmo instante, com um gemido de dor; com as duas mãos, Arsène Lupin enfiara neles duas longas agulhas na carne.

Loucos de raiva, os outros se precipitaram, o ódio enfim desencadeado, ardendo para vingar seus camaradas e a si próprios por tantas afrontas, e bateram, bateram à vontade. Um golpe mais violento o atingiu na têmpora. Ele caiu.

— Se o arrebentarem — rosnou Ganimard, furioso —, terão de se explicar comigo.

Inclinou-se, pronto a prestar socorros. Mas, ao constatar que ele respirava livremente, ordenou que o pegassem pelos pés e pela cabeça, enquanto ele próprio o segurava pelos rins.

— Vamos devagar, por favor... sem trancos... ah, os brutos, eles o teriam matado. Ei! Lupin, como está?

Lupin abria os olhos. Balbuciou:

— Nada elegante, Ganimard... permitiu que me demolissem.

— É culpa sua, maldição... e da sua cabeça-dura... — respondeu Ganimard, desolado. — Está doendo?

Chegaram ao saguão. Lupin gemeu:

— Ganimard... O elevador... Vão me quebrar os ossos...

— Boa ideia, excelente ideia — aprovou Ganimard. — Além do quê, a escada é tão estreita... Não haveria como...

Chamou o elevador. Instalaram Lupin no assento com todo tipo de precaução. Ganimard posicionou-se ao lado dele e disse a seus homens:

— Desçam ao mesmo tempo que nós. Vocês vão me esperar na frente da cabine da zeladora. Entenderam?

Puxou a porta. Mas ela sequer havia se fechado quando gritos irromperam. Com um pulo, o elevador subiu como um balão cujo cabo fora cortado. Uma gargalhada ressoou, sardônica.

— Maldito... — gritou Ganimard, procurando freneticamente no escuro o botão de descida. E, como não o encontrava, exclamou:

— O quinto! Vigiem a porta do quinto!

Em grupos de quatro, os agentes escalaram a escada. Mas produziu-se um fato estranho: o elevador pareceu escavar o teto do último andar, desapareceu aos olhos dos agentes, emergiu subitamente no andar superior, o dos criados, e parou. Três homens à espreita abriram a porta. Dois deles dominaram Ganimard, que, imobilizado, atordoado, não conseguiu se defender. O terceiro homem carregou Lupin.

— Eu o avisei, Ganimard... o rapto de balão... e graças a você! Numa próxima vez, seja menos piedoso. E, acima de tudo, lembre-se de que Arsène Lupin não se deixa apanhar e ser ridicularizado sem bons motivos. Adeus...

A cabine já havia sido fechada, e o elevador, com Ganimard, despachado novamente para os andares inferiores. E tudo aconteceu tão rapidamente que o velho policial alcançou os agentes perto da cabine da zeladora.

Sem se dirigirem uma palavra, eles atravessaram o pátio com toda a pressa e subiram pela escada de serviço, único meio de chegar ao andar dos criados por onde a fuga ocorreu.

Um longo corredor labiríntico e margeado por pequenos quartos numerados conduzia a uma porta que estava, simplesmente, arrombada. Do outro lado dessa porta, e por consequência em um outro prédio, havia outro corredor, igualmente com ângulos quebrados e ladeado por quartos semelhantes. Ao final, uma escada de serviço. Ganimard a desceu, atravessou um pátio e um vestíbulo, e lançou-se em uma rua, a rua Picot. Então, compreendeu: os dois prédios, construídos em profundidade, tocavam-se, e suas fachadas davam para duas ruas, não exatamente perpendiculares, mas paralelas, e distantes uma da outra por mais de sessenta metros.

Entrou na cabine da zeladora e, mostrando sua carteira, perguntou:

— Quatro homens acabaram de passar por aqui?

— Sim, os dois criados do quarto e do quinto, e dois amigos.

— Quem mora no quarto e no quinto?

— Os senhores Fauvel e seus primos Provost... mudaram-se hoje. Só restaram esses dois criados... acabaram de partir.

"Ah", pensou Ganimard, afundando em um sofá da cabine, "que belo golpe deixamos de dar! Todo o bando ocupava esse conjunto de prédios."

⁕

Quarenta minutos mais tarde, dois senhores chegavam de automóvel à estação Gare du Nord e se apressavam até o trem expresso de Calais, seguidos por um carregador que levava suas bagagens.

Um deles tinha o braço em uma tipoia, e seu rosto pálido não oferecia a aparência de boa saúde. O outro parecia feliz.

— Acelere, Wilson, não podemos perder o trem... Ah, Wilson, jamais me esquecerei desses dez dias.

— Eu tampouco.

— Ah, que belas batalhas!

— Soberbas.

— Apenas, aqui e ali, alguns pequenos aborrecimentos...

— Bem pequenos.

— E, finalmente, o triunfo de ponta a ponta. Lupin preso! O diamante azul reconquistado!

— Meu braço, quebrado.

— Quando se trata de tais satisfações, o que importa um braço quebrado!

— Sobretudo o meu.

— Pois é! Lembre-se, Wilson, foi no momento em que você estava no farmacêutico, sofrendo como um herói, que descobri o fio que me conduziu na trevas.

— Que feliz coincidência!

Portinholas se fechavam.

— Para o vagão, por favor. Apressemo-nos, senhores.

O carregador subiu os degraus de um compartimento vazio e depositou as malas no aparador, enquanto Sholmès içava o desafortunado Wilson.

— Mas o que você tem, Wilson? Não para com isso...! Ânimo, velho camarada...

— Não é o ânimo que me falta.

— Então, o quê?

— Só tenho uma mão disponível.

— E daí...? — exclamou alegremente Sholmès. — Chega de conversa furada. Parece que só existe você nesse estado. E os aleijados? Os verdadeiros aleijados? Vamos, não é nada de mais.

Estendeu ao carregador uma moeda de cinquenta cêntimos.

— Ótimo, meu amigo. Aqui, para você.

— Obrigado, sr. Sholmès.

O inglês ergueu os olhos: Arsène Lupin.

— O senhor...! O senhor! — balbuciou, estupefato.

E Wilson gaguejou, brandindo, com sua única mão, gestos de alguém que demonstra um fato:

— O senhor! O senhor! Mas está preso! Sholmès me disse. Quando ele o deixou, Ganimard e seus trinta agentes o cercavam...

Lupin cruzou seus braços e, com um ar indignado, perguntou:

— Então, os senhores supunham que eu os deixaria partir sem dizer adeus? Depois das excelentes relações de amizade que jamais deixamos de ter uns com os outros! Mas isso seria a derradeira indelicadeza. Por quem me tomam?

O trem apitava.

— Enfim, eu os perdoo... mas têm tudo de que precisam? Fumo, isqueiros... Sim... E os jornais vespertinos? Neles vão encontrar os detalhes de minha prisão, sua última façanha, mestre. E agora, até a próxima, fiquei encantado por tê-los conhecido... Encantado, verdadeiramente...! E se precisarem de mim, ficarei muito feliz...

Saltou para a plataforma e fechou a portinhola.

— Adeus — disse mais uma vez, agitando seu lenço. — Adeus... Vou escrever... Os senhores também, não é? E seu braço quebrado, sr. Wilson? Espero notícias de ambos... Um cartão-postal vez por outra... Para o endereço: Lupin, Paris... É o suficiente... Não é necessário selar... Adeus... Até logo...

Segundo episódio
A LUMINÁRIA JUDAICA

Capítulo 1

Herlock Sholmès e Wilson estavam sentados à direita e à esquerda da grande lareira, os pés estendidos na direção de um confortável fogo de hulha.

O cachimbo de Sholmès, curto, de urze e arrematado de prata, apagou-se. Ele o esvaziou das cinzas, encheu-o novamente, acendeu-o, trouxe para os joelhos as abas de seu robe de chambre e extraiu do cachimbo longas baforadas que se esmerava em lançar para o teto em pequenos anéis de fumaça.

Wilson observava-o. Observava-o como o cão enrodilhado no tapete da sala olha para seu dono, com olhos bem abertos, sem piscar, olhos que não têm outra esperança a não ser corresponder o gesto aguardado. O dono romperia o silêncio? Iria ele revelar o segredo de seus devaneios atuais e admiti-lo no reino da meditação cuja entrada parecia proibida a Wilson?

Sholmès continuava calado. Wilson arriscou:

— Os tempos estão calmos. Nenhum caso para atacarmos.

Sholmès calou-se mais violentamente ainda, mas seus anéis de fumaça estavam cada vez mais bem elaborados, e qualquer outra pessoa que não Wilson teria observado que ele extraía disso aquela profunda satisfação que nos dão os menores deleites de amor-próprio, nos momentos em que o cérebro está completamente esvaziado de pensamentos.

Wilson, desencorajado, levantou-se e se aproximou da janela.

A triste rua se estendia entre as fachadas melancólicas dos prédios, sob um céu escuro do qual caía uma chuva cruel e furiosa. Um *cab* passou, e outro *cab*. Wilson escreveu seus números em uma caderneta. Quem sabe?

— Ora — exclamou —, o carteiro.

O homem entrou, conduzido pelo criado.

— Duas cartas registradas, senhor... poderia fazer o favor de assiná-las?

Sholmès assinou o registro, acompanhou o homem até a porta e retornou abrindo uma das cartas.

— Você parece muito feliz — notou Wilson ao cabo de um instante.

— Esta carta contém uma proposta bastante interessante. Você, que queria um caso, ei-lo. Leia...

Wilson leu:

"Senhor,
Venho pedir-lhe o socorro de sua experiência. Fui vítima de um roubo importante, e as buscas efetuadas até o momento parecem destinar-se ao fracasso. Envio-lhe com esta correspondência um certo número de jornais que explicarão o episódio e, se o senhor concordar em assumi-lo, coloco minha mansão à

sua disposição e lhe suplico para que preencha no cheque aqui incluso, assinado por mim, a soma que lhe convier fixar para suas despesas de viagem.
Queira por gentileza me telegrafar sua resposta, e receba, senhor, a segurança da minha mais elevada consideração.
Barão Victor d'Imblevalle, rua Murillo, 18."

— Ora! Ora! — disse Sholmès. — Eis um prenúncio e tanto... Uma pequena viagem a Paris, enfim, por que não? Desde meu famoso duelo com Arsène Lupin, não tive oportunidade de voltar para lá. Não me incomodaria ver a capital do mundo em condições um pouco mais tranquilas.

Rasgou o cheque em quatro partes e, enquanto Wilson, cujo braço não havia voltado à flexibilidade de antigamente, pronunciava palavras amargas contra Paris, abriu o segundo envelope.

No mesmo instante, deixou escapar um gesto de irritação, uma ruga vincou sua testa durante toda a leitura e, amassando o papel, fez dele uma bola que lançou violentamente no assoalho.

— O que foi? O que há? — exclamou Wilson, confuso.

Pegou a bola, desamassou-a e leu com crescente espanto:

"*Meu caro mestre,*
Conhece a admiração que tenho pelo senhor e o interesse que cultivo por seu renome. Assim sendo,

acredite em mim, não se ocupe do caso para o qual solicitaram sua colaboração. Sua intervenção causaria muito mal, todos os seus esforços só levariam a um resultado lamentável, e o senhor seria obrigado a fazer publicamente a confissão de seu fracasso. Profundamente desejoso de poupá-lo de tamanha humilhação, eu o exorto, em nome da amizade que nos uniu, a permanecer bem tranquilamente junto à sua lareira.

Minhas boas lembranças ao sr. Wilson, e para o senhor, meu caro mestre, a respeitosa homenagem de seu devotado,

Arsène Lupin."

— Arsène Lupin... — repetiu Wilson, confuso.

Sholmès começou a surrar a mesa com golpes de punho.

— Ah! Mas ele começa a me irritar, esse animal! Ele caçoa de mim como se eu fosse um moleque! A confissão pública de meu fracasso! Não o obriguei a devolver o diamante azul?

— Ele está com medo — insinuou Wilson.

— Não diga besteiras! Arsène Lupin nunca está com medo, e a prova é que ele me provoca.

— Mas como ele sabe da carta que nos enviou o barão d'Imblevalle?

— E eu lá sei? Você me faz perguntas estúpidas, meu caro!

— Eu pensava... imaginava...

— O quê? Que sou feiticeiro?

— Não, mas já o vi fazer tamanhos prodígios!

— Ninguém faz prodígios... nem eu, nem qualquer outra pessoa. Eu reflito, deduzo, concluo, mas não adivinho. Apenas os imbecis adivinham.

Wilson assumiu a atitude acanhada de um cão que apanhou, e tentou, para não ser um imbecil, não adivinhar por que Sholmès percorria o cômodo com passadas largas e irritadas. Mas, como Sholmès havia chamado seu criado e ordenado sua mala, Wilson acreditou-se no direito, dado que aí havia um fato material, de refletir, de deduzir e de concluir que o mestre partia em viagem.

O mesmo funcionamento de espírito lhe permitiu afirmar, como alguém que não tem medo de errar:

— Herlock, você vai a Paris.

— Possível.

— E vai mais para responder à provocação de Lupin do que para auxiliar o barão d'Imblevalle.

— Possível.

— Herlock, vou acompanhá-lo.

— Ah! Ah, velho amigo — exclamou Sholmès, interrompendo sua caminhada —, não tem medo de que seu braço esquerdo partilhe do mesmo destino do braço direito?

— O que pode me acontecer? Você estará lá.

— Perfeito, então, você é um camarada! E vamos mostrar a esse senhor que talvez tenha se equivocado ao nos desafiar atirando a luva com tamanha ousadia. Rápido, Wilson, e nos encontramos no primeiro trem.

— Sem esperar os jornais de cujo envio o barão o avisou?

— Para quê?

— Despacho um telegrama?

— Inútil, Arsène Lupin saberia da minha chegada. Não quero isso. Desta vez, Wilson, precisamos jogar pesado.

À tarde, os dois amigos embarcaram em Dover. A travessia foi excelente. No trem expresso de Calais a Paris, Sholmès se presenteou com três horas do sono mais profundo, enquanto Wilson fazia a vigilância da porta da cabine e meditava, o olhar vago.

Sholmès despertou alegre e disposto. A perspectiva de um novo duelo com Arsène Lupin o encantava, e ele esfregou as mãos com o ar satisfeito de um homem que se prepara para degustar alegrias abundantes.

— Enfim — exclamou Wilson —, vamos nos exercitar!

E esfregou as mãos com o mesmo ar satisfeito.

Na estação, Sholmès pegou os casacos e, seguido por Wilson, que carregava as malas — cada qual com seu fardo —, deu os bilhetes e saiu alegremente.

— Tempo bonito, Wilson... Sol...! Paris está em festa para nos receber.

— Quanta gente!

— Melhor assim, Wilson! Não corremos o risco de ser notados. Ninguém nos reconhecerá no meio de uma multidão assim!

— Sr. Sholmès, não?

Ele parou, algo estupefato. Quem diabos poderia designá-lo assim pelo nome? Uma mulher estava ao seu lado, uma jovem cuja roupa muito simples sublinhava uma silhueta distinta e cujo bonito rosto tinha uma expressão inquieta e dolorosa.

Ela repetiu:

— É o sr. Sholmès?

Como ele se mantinha calado, mais por perturbação do que por prudência, ela disse uma terceira vez:

— É com o sr. Sholmès que tenho a honra de falar?

— O que quer de mim? — disse ele, um tanto rude, crendo-se em um encontro suspeito.

— Escute-me, cavalheiro, é muito sério, sei que vai para a rua Murillo.

— O que está dizendo?

— Eu sei... Eu sei... Rua Murillo... No número 18. Veja, não faça isso... Não, o senhor não deve ir para lá... Asseguro-lhe que se arrependeria. Se digo isso, não pense que seja por qualquer interesse. É em nome da razão, é com toda a consciência.

Ele tentou se desvencilhar, e ela insistiu:

— Oh, eu lhe suplico, não seja obstinado... Ah! Se eu soubesse como convencê-lo! Olhe bem para mim, no fundo dos meus olhos... Eles são sinceros... Dizem a verdade.

Ela ofereceu seus olhos desesperadamente, aqueles belos olhos sérios e límpidos, nos quais parecia refletir-se a própria alma. Wilson acenou com a cabeça:

— A senhorita parece bem sincera.

— Mas é claro — implorou ela —, e é preciso confiar...

— Eu confio, senhorita — redarguiu Wilson.

— Oh, como fico feliz! E seu amigo também, não é? Eu o sinto... Tenho certeza! Que alegria! Tudo vai se arranjar...! Ah! A boa ideia que tive...! Veja, cavalheiro, há um trem para Calais daqui a vinte minutos... Então, vão tomá-lo... Rápido, sigam-me... O caminho é desse lado, e os senhores têm apenas o tempo...

Ela tentava levá-lo. Sholmès pegou-a pelo braço e, com uma voz que procurou tornar a mais doce possível, disse:

— Desculpe-me, senhorita, por não ceder à sua vontade, mas jamais abandono um trabalho ao qual me dedico.

— Eu lhe suplico... Eu lhe suplico... Ah, se pudesse compreender!

Ele resistiu e se distanciou rapidamente.

Wilson disse à jovem:

— Tenha boa esperança... Ele irá até o fim do caso... Ainda não há exemplo em que ele tenha fracassado.

E alcançou Sholmès, correndo.

"HERLOCK Sholmès — ARSÈNE LUPIN"

Essas palavras, que se destacavam em grossas letras negras, os atingiram quando deram os primeiros passos. Aproximaram-se; um grupo de homens-sanduíche perambulavam, uns atrás dos outros, carregando pesadas bengalas de ferro com as quais batiam cadenciadamente na calçada e, nas costas, enormes cartazes nos quais se lia:

"A PARTIDA ENTRE HERLOCK Sholmès E ARSÈNE LUPIN. CHEGADA DO CAMPEÃO INGLÊS. O GRANDE DETETIVE ATACA O MISTÉRIO DA RUA MURILLO. LER OS DETALHES NO ÉCHO DE FRANCE."

Wilson balançou a cabeça.
— E então, Herlock, nós, que nos gabávamos de trabalhar incógnitos! Eu não ficaria surpreso se a guarda republicana nos esperasse na rua Murillo e se houvesse uma recepção oficial, com brindes e champagne.
— Quando se mete a engraçadinho, Wilson, você vale por dois — rangeu Sholmès.
Avançou na direção de um daqueles homens com a intenção bem clara de agarrá-lo com suas potentes mãos e reduzi-lo a migalhas, ele e sua tabuleta. A multidão, contudo, agrupava-se ao redor dos cartazes. Brincavam e riam.
Reprimindo um furioso acesso de raiva, disse ao homem:
— Quando o contrataram?
— Nesta manhã.
— E começou sua caminhada...?
— Faz uma hora.
— Mas os cartazes estavam prontos?

— Ah! Claro que sim... quando chegamos à agência nesta manhã, estavam lá.

Ou seja, Arsène Lupin havia previsto que ele, Sholmès, aceitaria a batalha. E mais: a carta escrita por Lupin provava que ele desejava essa batalha, estava em seus planos medir-se, mais uma vez, com seu rival. Por quê? Qual motivo o levava a recomeçar a luta?

Herlock teve um segundo de hesitação. Era necessário realmente que Lupin tivesse muita certeza da vitória para demonstrar tamanha insolência. Isso posto, responder assim ao primeiro chamado não seria cair na armadilha?

— Vamos, Wilson. Cocheiro, rua Murillo, 18 — exclamou em um sobressalto de energia.

E, com as veias infladas, os punhos cerrados como se fosse começar uma luta de boxe, saltou para dentro de um coche.

A rua Murillo é ladeada por luxuosas mansões cujas fachadas posteriores têm vista para o parque Monceau. Uma das mais belas entre essas residências eleva-se no número 18, e o barão d'Imblevalle, que nela mora com sua esposa e suas filhas, mobiliou-a da forma mais suntuosa, como artista e milionário que era. Um sofisticado pátio precede o palacete, e dependências de serviço margeiam-no à direita e à esquerda. Na parte de trás, um jardim mistura os ramos de suas árvores com as árvores do parque.

Depois de tocar, os dois ingleses atravessaram o pátio e foram recebidos por um criado que os conduziu a um pequeno salão situado na fachada de trás.

Sentaram-se e com um rápido olhar inspecionaram os objetos preciosos que decoravam aquele cômodo.

— Lindas coisas — murmurou Wilson —, de bom gosto e imaginação... Pode-se deduzir que quem teve o trabalho de encontrar esses objetos é gente de uma certa idade... Cinquenta anos, talvez...

Não concluiu o pensamento. A porta se abriu, e o sr. d'Imblevalle entrou, seguido por sua esposa. Contrariamente às deduções de Wilson, os dois eram jovens, de aspecto elegante e bastante vivazes nos gestos e nas palavras. Ambos se perderam em agradecimentos.

— É muito gentil de sua parte! Tamanho trabalho! Estamos quase felizes com o aborrecimento que sofremos, porque ele nos proporcionou o prazer...

"Que encantadores são esses franceses!", pensou Wilson, a quem uma observação profunda jamais assustava.

— Mas tempo é dinheiro... — exclamou o barão. — O seu principalmente, sr. Sholmès. Então, direto ao ponto! O que pensa do caso? Espera conseguir resolvê-lo?

— Para resolvê-lo, preciso antes conhecê-lo.

— Não o conhece?

— Não, e peço para que me explique as coisas nos mínimos detalhes, sem omitir nada. Do que se trata?

— Trata-se de um roubo.

— Em qual dia aconteceu?

— Sábado passado — respondeu o barão —, na noite de sábado para domingo.

— Faz seis dias, então. Agora sou todo ouvidos.

— É preciso dizer, em primeiro lugar, cavalheiro, que minha esposa e eu, conformando-nos ao tipo de vida exigido por nossa situação, saímos pouco. A educação de nossos filhos, algumas recepções, melhorias em nossa casa, eis a nossa existência, e todas as noites, ou quase, se passam aqui, neste cômodo, que é a alcova de minha esposa e onde reunimos alguns objetos de arte. No último sábado, então, por volta das onze horas, apaguei a luz, e minha esposa e eu nos retiramos como de costume para nossos aposentos.

— Que fica...?

— Aqui ao lado, é esta porta que o senhor vê. No dia seguinte, ou seja, domingo, levantei-me cedo. Como Suzanne, minha mulher, ainda dormia, vim para essa alcova o mais silenciosamente possível para não despertá-la. Qual não foi minha surpresa ao constatar que essa janela estava aberta, enquanto que, na noite anterior, nós a deixáramos fechada!

— Um criado...

— Ninguém entra aqui pela manhã antes que tenhamos chamado. Além disso, sempre tomo a precaução de aferrolhar essa segunda porta, a qual se comunica com a antecâmara. Então, a janela certamente foi aberta por fora. Aliás, tive a prova disso — o segundo vidro da janela da direita, perto do puxador, havia sido retirado.

— E essa janela...?

— Essa janela, como o senhor pode perceber, dá para um pequeno terraço cercado por uma sacada de pedra. Aqui estamos no primeiro andar, e o senhor nota o jardim que se estende atrás do palacete e o portão que o separa do parque Monceau. Assim sendo, é certeza que o homem veio do parque Monceau, saltou o portão com a ajuda de uma escada e subiu até o terraço.

— Certeza, o senhor diz?

— Foram encontrados, de cada lado do portão, na terra fofa dos canteiros, buracos deixados pelos dois suportes da escada, e os mesmos buracos estavam abaixo do terraço. Por fim, há dois leves arranhões na sacada, evidentemente causados pelo contato das hastes.

— O parque Monceau não fica fechado à noite?

— Fechado, não, mas, mesmo assim, no número 14, há um palacete em construção. Seria fácil entrar por lá.

Herlock Sholmès refletiu por alguns instantes e prosseguiu:

— Vamos ao roubo. Então, teria sido cometido no cômodo em que estamos?

— Sim. Ali havia, entre aquela Virgem do século XII e aquele tabernáculo de prata cinzelada, uma pequena luminária judaica. Ela desapareceu.

— E isso é tudo?

— É tudo.

— Ah... e o que chama de luminária judaica?

— São as luminárias de cobre utilizadas antigamente, compostas de uma alça e um recipiente no qual se colocava o óleo. Desse recipiente, saíam dois ou vários bicos destinados às mechas.

— Tudo somado, objetos sem muito valor.

— Sem grande valor, realmente. Mas essa continha um esconderijo onde costumávamos colocar uma magnífica joia antiga, uma quimera de ouro, cravejada de rubis e esmeraldas, e que valia muito.

— Por que esse costume?

— Acredite, cavalheiro, eu não saberia dizer. Talvez pela simples diversão de utilizar um esconderijo desse tipo.

— Ninguém o conhecia?

— Ninguém.

— Com a exceção, evidentemente, do ladrão da quimera... — objetou Sholmès. — Do contrário, ele não teria se dado ao trabalho de roubar a luminária judaica.

— Evidentemente. Mas como ele podia conhecê-lo, dado que foi o acaso que nos revelou o mecanismo secreto dessa luminária?

— O mesmo acaso pôde revelá-lo a qualquer um... Um criado... Um frequentador da casa... Mas continuemos: a justiça foi avisada?

— Sem dúvida. O juiz de investigação fez seu inquérito. Os repórteres policiais ligados a cada um dos grandes jornais fizeram os deles. Mas, como escrevi ao senhor, não parece que o problema tenha alguma chance de ser resolvido.

Sholmès se levantou, foi até a janela, examinou o vidro, o terraço, a sacada, serviu-se de sua lupa para estudar os arranhões na pedra e pediu ao sr. d'Imblevalle para conduzi-lo ao jardim.

Lá fora, Sholmès simplesmente se sentou em uma poltrona de vime e observou o telhado da casa com um olhar pensativo. Depois, caminhou subitamente na direção de dois pequenos caixotes de madeira com os quais foram cobertos, no intuito de conservar as marcas exatas, os buracos deixados ao pé do terraço pelos suportes da escada. Retirou os caixotes, ajoelhou-se no chão e, com as costas curvadas, o nariz a vinte centímetros da terra, esquadrinhou e tirou medidas. Fez a mesma operação ao longo do portão, mas menos detidamente.

Estava terminado.

Os dois homens retornaram à alcova, onde os esperava a sra. d'Imblevalle. Sholmès manteve o silêncio ainda por alguns minutos, depois pronunciou estas palavras:

— Desde o começo de seu relato, senhor barão, fiquei intrigado pelo aspecto verdadeiramente simples da ocorrência. Utilizar uma escada, cortar um vidro, escolher um objeto e ir embora; não, as coisas não acontecem tão facilmente assim. Tudo isso está claro demais, simples demais.

— De modo que...?

— De modo que o roubo da luminária judaica foi cometido sob a direção de Arsène Lupin...

— Arsène Lupin! — exclamou o barão.

— Mas foi cometido sem seu envolvimento, sem que ninguém entrasse neste palacete... Um doméstico, talvez, que terá descido de sua mansarda até o terraço, por uma calha que percebi do jardim.

— Mas com quais provas...?

— Arsène Lupin não teria saído da alcova com as mãos vazias.

— As mãos vazias... e a luminária?

— Pegar a luminária não o teria impedido de pegar essa caixa de rapé ornada de diamantes, ou aquele colar de velhas opalas. Bastariam dois gestos a mais. Se ele não os pegou, é porque não os viu.

— Mas e as pistas detectadas?

— Comédia! Encenação para desviar as suspeitas.

— Os arranhões na balaustrada?

— Mentira! Foram produzidos com lixa. Veja, aqui estão alguns restos que recolhi.

— As marcas deixadas pelos suportes da escada?

— Piada! Examine os dois buracos retangulares ao pé do terraço e os dois buracos situados perto do portão. Sua forma é semelhante, mas, embora paralelos aqui, não o são lá. Meça a distância que separa cada buraco de seu vizinho, a diferença muda de acordo com o local. Ao pé do terraço, é de 23 centímetros. Ao longo do portão, é de 28 centímetros.

— E o que conclui disso?

— Concluo, uma vez que sua forma é idêntica, que os quatro buracos foram feitos com o auxílio de um único pedaço de madeira convenientemente cortado.

— O melhor argumento seria o próprio pedaço de madeira.

— Aqui está ele — disse Sholmès —, peguei-o no jardim, sob o vaso de um loureiro.

O barão se inclinou. Fazia quarenta minutos que o inglês havia passado pelo batente daquela porta, e não sobrava mais nada de tudo aquilo em que acreditaram com base no próprio testemunho dos fatos aparentes. A realidade, uma outra realidade, surgia, fundada em algo muito mais sólido, o raciocínio de um Herlock Sholmès.

— A acusação que o senhor faz contra nosso pessoal é bem grave, cavalheiro — disse a baronesa. — Nossos criados são antigos serviçais da família, e nenhum deles é capaz de nos trair.

— Se um deles não os traiu, como explicar que essa carta tenha chegado a mim no mesmo dia e pelo mesmo carteiro que aquela que os senhores me escreveram?

Estendeu à baronesa a carta que lhe havia sido endereçada por Arsène Lupin. A sra. d'Imblevalle ficou estupefata.

— Arsène Lupin... como ele soube?

— Não contaram para ninguém de sua carta?

— Para ninguém — disse o barão —, foi uma ideia que tivemos na outra noite, à mesa.

— Diante dos criados?

— Só havia nossas duas filhas. Ou melhor, não... Sophie e Henriette não estavam mais à mesa, não é, Suzanne?

A sra. d'Imblevalle refletiu e afirmou:

— De fato, elas tinham se juntado à senhorita.

— Senhorita? — interrogou Sholmès.

— A governanta, srta. Alice Demun.

— Então, essa pessoa não faz as refeições com os senhores?

— Não, ela é servida à parte, em seu quarto.

Wilson teve uma ideia.

— A carta escrita a meu amigo Herlock Sholmès foi enviada pelo correio.

— Naturalmente.

— Quem a levou?

— Dominique, meu camareiro há vinte anos — respondeu o barão. — Toda desconfiança nesse sentido seria tempo perdido.

— Jamais perdemos tempo quando procuramos — disse Wilson judiciosamente.

O primeiro inquérito havia terminado. Sholmès pediu permissão para se retirar.

Uma hora mais tarde, no jantar, ele viu Sophie e Henriette, as duas filhas dos d'Imblevalle, duas lindas mocinhas de oito e seis anos. Conversaram pouco. Sholmès respondeu às amabilidades do barão e de sua esposa com um ar tão ranzinza que eles decidiram pelo silêncio. Café foi servido. Sholmès engoliu o conteúdo de sua xícara e se levantou.

Nesse momento, um criado entrou, portando uma mensagem passada por telefone e endereçada ao inglês. Ele abriu e leu:

"Envio-lhe minha entusiasmada admiração. Os resultados obtidos pelo senhor em tão pouco tempo são esplêndidos. Estou aturdido.

Arsène Lupin"

Fez um gesto de irritação e mostrou a mensagem ao barão.

— Agora acredita, cavalheiro, que suas paredes têm olhos e ouvidos?

— Não estou compreendendo nada — murmurou o sr. d'Imblevalle, atordoado.

— Eu tampouco. Mas o que compreendo é que, aqui, nenhum movimento ocorre sem que seja percebido por ele. Sequer uma palavra é pronunciada sem que ele a escute.

Naquela noite, Wilson deitou-se com a consciência leve de um homem que cumpriu seu dever e que não tem outra missão a não ser dormir. Também dormiu muito rapidamente, e belos sonhos o visitaram, nos quais perseguia Lupin sozinho e estava para detê-lo com suas próprias mãos, e a sensação dessa perseguição foi tão clara que despertou.

Alguém resvalava em sua cama. Ele alcançou o revólver.

— Mais um gesto, Lupin, e atiro.

— Diabos! Como você é precipitado, velho camarada!

— Como! É você, Sholmès! Precisa de mim?

— Preciso de seus olhos. Levante-se...

Levou-o até a janela.

— Olhe... do outro lado do portão...

— No parque?

— Sim. Não vê nada?

— Não vejo nada.

— Ora, sim, você vê alguma coisa.

— Ah! De fato, uma sombra... Na verdade, duas.

— Não é? Contra o portão... Veja, estão se mexendo. Não percamos tempo.

Às apalpadelas, guiando-se pelo corrimão, desceram a escada e chegaram a um cômodo que dava para a escada do jardim. Através dos vidros da porta, perceberam duas silhuetas no mesmo lugar.

— É curioso — disse Sholmès —, parece que ouço ruídos na casa.

— Na casa? Impossível! Todo mundo está dormindo.

— Mas ouça...

Nesse momento, um suave assobio vibrou vindo do portão, e eles perceberam uma vaga luz que parecia vir do palacete.

— Os d'Imblevalle devem tê-la acendido — murmurou Sholmès. — É o quarto deles, que fica acima de nós.

— Foram eles, sem dúvida, que ouvimos — fez Wilson. — Pode ser que estejam vigiando o portão.

Um segundo assobio, mais discreto ainda.

— Não compreendo, não compreendo — disse Sholmès, irritado.

— Eu tampouco — confessou Wilson.

Sholmès girou a chave da porta, retirou o ferrolho e empurrou suavemente o batente.

Um terceiro assobio, este um pouco mais forte e modulado de outra forma. E acima de suas cabeças, o barulho se intensificou, se precipitou.

— Dá a impressão de vir do terraço da alcova — sussurrou Sholmès.

Ele passou a cabeça pelo vão, mas no mesmo instante recuou, praguejando. Por sua vez, Wilson observou. Bem perto deles, uma escada era posicionada contra a parede, apoiada na sacada do terraço.

— Ora, claro — fez Sholmès —, há alguém na alcova! É isso o que ouvimos. Rápido, retiremos a escada.

Mas, nesse instante, uma forma deslizou de cima a baixo, a escada foi retirada, e o homem que a carregava correu à toda na direção do portão, no local onde o esperavam seus cúmplices. Com um salto, Sholmès e Wilson foram atrás dele. Alcançaram o homem quando ele colocava a escada contra o portão. Do outro lado, dois disparos foram dados.

— Ferido? — exclamou Sholmès.

— Não — respondeu Wilson.

Este agarrou o torso do homem e tentou imobilizá-lo. Mas o homem se virou, segurou-o com uma mão e com a outra mergulhou uma faca no meio de seu peito. Wilson exalou um suspiro, vacilou e caiu.

— Maldição! — bradou Sholmès. — Se o mataram, eu mato.

Estendeu Wilson sobre a grama e correu para a escada. Tarde demais... o homem a havia subido e, acolhido por seus cúmplices, fugia pelo matagal.

— Wilson, Wilson, não é nada sério, hein? Só um arranhão.

As portas da mansão se abriram bruscamente. Primeiro veio o sr. d'Imblevalle, depois vieram os criados, munidos de velas.

— O quê? O que aconteceu? — gritou o barão. — O sr. Wilson está ferido?

— Nada, só um arranhão — repetiu Sholmès, procurando se enganar. O sangue corria em abundância, e o rosto estava lívido.

O médico, vinte minutos depois, constatou que a ponta da faca havia parado a quatro milímetros do coração.

— Quatro milímetros do coração! Esse Wilson sempre teve sorte — concluiu Sholmès em um tom de inveja.

— Sorte... sorte... — resmungou o médico.

— Ora! Com sua constituição robusta, ele ficará bem...

— Com seis semanas de cama e dois meses de convalescença.

— Não mais do que isso?

— Não, a menos que haja complicações.

— Por que diabos quer que haja complicações?

Completamente tranquilizado, Sholmès juntou-se ao barão na alcova. Dessa vez, o visitante misterioso não tivera a mesma discrição. Sem pudores, havia passado a mão na caixa de rapé ornada de diamantes, no colar de opalas e, de forma geral, em tudo o que podia caber nos bolsos de um honesto ladrão.

A janela ainda estava aberta, um dos vidros havia sido devidamente retirado, e, ao amanhecer, um inquérito sumário, tendo estabelecido que a escada veio da mansão em construção, indicou o caminho que haviam seguido.

— Em suma — disse o sr. d'Imblevalle, com certa ironia —, é a repetição exata do roubo da luminária judaica.

— Sim, se aceitarmos a primeira versão adotada pela justiça.

— Então, continua a refutá-la? Esse segundo roubo não abala sua opinião sobre o primeiro?

— Ele a confirma, senhor.

— Será possível? O senhor tem a prova irrefutável de que a agressão dessa noite foi cometida por uma pessoa de fora, e continua a sustentar que a luminária judaica foi subtraída por alguém de nosso círculo?

— Por alguém que mora nesta casa.

— Então, como explica...?

— Não explico nada, cavalheiro, constato dois fatos que apenas têm, um com o outro, relações de aparência, julgo-os isoladamente e procuro o elo que os une.

Sua convicção parecia tão profunda, sua forma de agir fundamentada em motivos tão fortes, que o barão se inclinou:

— Que seja. Vamos avisar o comissário...

— Em hipótese alguma! — exclamou vivamente o inglês. — Em hipótese alguma! Só me dirijo a essa gente quando tenho necessidade dela.

— No entanto, os tiros...?

— Não importam!

— Seu amigo...?

— Meu amigo só está ferido... faça com que o médico se cale. Eu, por minha vez, respondo por tudo do lado da justiça.

Dois dias se passaram vazios de incidentes, mas durante os quais Sholmès perseguiu sua missão com um cuidado minucioso e um amor-próprio exasperado pela lembrança daquela audaciosa agressão, executada diante de seus olhos, a despeito de sua presença, e sem que ele pudesse impedir-lhe o sucesso. Infatigável, revirou a mansão e o jardim, conversou com os criados e fez longas incursões na cozinha e no estábulo. E, embora não colhesse nenhum indício que esclarecesse, não perdeu a coragem.

"Encontrarei", pensava, "e é aqui que encontrarei. Não se trata, como no caso da Mulher loira, de rumar para a aventura e de atingir, por caminhos que eu ignorava, um objetivo que eu não conhecia. Dessa vez, já estou no terreno da batalha. O inimigo não é mais apenas o incapturável e invisível Lupin, é o cúmplice de carne e osso que vive e se move dentro dos limites deste palacete. O menor detalhe e estou feito".

Esse detalhe, do qual ele devia tirar tais consequências, e com uma habilidade tão prodigiosa que podemos considerar o caso da luminária judaica como um daqueles nos quais brilha mais vitoriosamente a sua genialidade de policial, esse detalhe, foi o acaso que o forneceu.

Na tarde do terceiro dia, quando entrou em um cômodo situado acima da alcova, e que servia de sala de estudos para as crianças, ele encontrou Henriette, a mais nova das irmãs. Ela procurava sua tesoura.

— Sabe — disse ela a Sholmès —, também faço papéis como aquele que você recebeu naquela noite.

— Naquela noite?

— Sim, no final do jantar. Você recebeu um papel com tiras em cima... Você sabe, um telegrama... Então, eu também os faço.

Ela saiu. Para qualquer outra pessoa, essas palavras não teriam significado algum senão a corriqueira reflexão de uma criança, e o próprio Sholmès as escutou com ouvidos distraídos e continuou sua inspeção. Mas, de repente, ele se pôs a correr atrás da menina cuja última frase o atingiu subitamente. Alcançou-a no alto da escada e lhe disse:

— Então, você também cola tiras sobre papel?

Henriette, muito orgulhosa, declarou:

— Claro, eu recorto as palavras e as colo.

— E quem te ensinou esse joguinho?

— A senhorita... Minha governanta... Já vi ela fazendo isso. Pega palavras dos jornais e cola...

— E o que faz com isso?

— Telegramas, cartas que ela envia.

Herlock Sholmès voltou para a sala de estudos, singularmente intrigado por essa confidência, e esforçando-se para extrair dela as deduções que comportava.

Havia jornais em um pacote acima da lareira. Ele os abriu e viu, com efeito, grupos de palavras ou de linhas que faltavam, regularmente e cuidadosamente retiradas. Mas bastou ler as palavras que precediam ou sucediam para constatar que as palavras ausentes haviam sido cortadas ao acaso com tesouras, por Henriette, é claro. Podia ser que, naquele maço de jornais, houvesse um cortado pela própria senhorita. Mas como assegurar-se disso?

De forma mecânica, Herlock vasculhou os livros escolares empilhados sobre a mesa, depois outros que repousavam sobre as prateleiras de um armário. E, de repente, soltou um grito de alegria. Em um canto desse armário, sob velhos cadernos amontoados, encontrou um álbum para crianças, um alfabeto ornado de imagens e, em uma das páginas desse álbum, um espaço vazio surgiu diante de seus olhos.

Verificou. Era a nomenclatura dos dias da semana. Segunda-feira, terça-feira, quarta-feira etc. A palavra "sábado" faltava. Ora, o roubo da luminária judaica havia ocorrido na noite de um sábado.

Herlock sentiu aquela leve pressão no coração que sempre lhe anunciava, da forma mais clara, que havia tocado o próprio âmago de uma intriga. Aquele calafrio da verdade, aquela emoção da certeza, nunca o enganava.

Febril e confiante, apressou-se a vasculhar o álbum. Um pouco mais adiante, outra surpresa o aguardava.

Era uma página composta de letras maiúsculas, seguidas por uma linha de algarismos. Noves dessas letras e três desses algarismos haviam sido retirados cuidadosamente. Sholmès os escreveu em sua caderneta, na ordem em que foram cortados, e obteve o seguinte resultado:

CDEHNOPRS-237

— Diabos... — murmurou. — À primeira vista, isso não significa muita coisa. Seria possível, misturando aquelas letras e usando-as todas, formar uma, ou duas, ou três palavras completas?

Sholmès tentou, em vão.

Uma única solução se impunha a ele, que recorria sem cessar ao lápis, e a quem, com o tempo, pareceu ser a verdadeira, tanto por corresponder à lógica dos fatos quanto por estar de acordo com as circunstâncias gerais.

Dado que a página do álbum só comportava uma vez cada uma das letras do alfabeto, era provável, era certo que estava em presença de palavras incompletas e que essas palavras haviam sido completadas por letras retiradas de outras páginas. Nessas condições, e salvo engano, o enigma postava-se assim:

RESPOND.- CH — 237

A primeira palavra estava clara: "RESPOND", um "E" faltando, porque a letra "E", já empregada, não estava mais disponível.

Quanto à segunda palavra inacabada, ela formava, sem dúvida, com o número 237, o endereço que fornecia o remetente ao destinatário da carta. Em primeiro lugar, propunha estabelecer o dia no sábado, e pedia uma resposta para o endereço CH.237.

Ou CH.237 era uma senha de caixa-postal, ou as letras "C" e "H" faziam parte de uma palavra incompleta. Sholmès vasculhou o álbum: nenhum outro recorte havia sido efetuado nas páginas seguintes. Era necessário, então, até segunda ordem, ficar com a explicação encontrada.

— É divertido, não? — Henriette havia voltado. Ele respondeu:

— Se é! Mas você não tem outros papéis...? Ou ainda palavras já cortadas que eu possa colar?

— Papéis...? Não... E, depois, a senhorita não ficaria contente.

— A senhorita?

— Sim, ela já me deu uma bronca.

— Por quê?

— Porque eu te disse coisas... E porque ela disse que não devemos nunca contar coisas sobre quem gostamos.

— Você tem toda a razão.

Henriette pareceu radiante com a aprovação, tão radiante que retirou de uma bolsinha de pano, costurada ao seu vestido, alguns trapos, três botões, dois cubos de açúcar e, por fim, um quadrado de papel que estendeu a Sholmès.

— Aqui, eu te dou mesmo assim. Era um número de fiacre, o 8279.

— De onde vem esse número?

— Caiu do porta-moedas delas.

— Quando?

— Domingo, na missa, quando ela pegava uns centavos para a igreja.

— Perfeito. E agora vou te dar a solução para não levar bronca. Não diga à senhorita que você me viu.

Sholmès saiu para procurar o sr. d'Imblevalle e interrogá-lo diretamente sobre a senhorita.

O barão teve um sobressalto.

— Alice Demun! Será que o senhor pensaria...? É impossível.

— Há quanto tempo ela está a seu serviço?

— Apenas um ano, mas não conheço pessoa mais tranquila e na qual eu deposite mais confiança.

— Como é possível que eu ainda não a tenha visto?

— Ela se ausentou por dois dias.

— E agora?

— Desde o retorno, ela quis se instalar à cabeceira de seu amigo. Ela tem todas as qualidades de uma enfermeira... Delicada... Atenciosa... O sr. Wilson parece encantado.

— Ah! — fez Sholmès, que havia negligenciado por completo obter notícias do velho camarada.

Refletiu e perguntou:

— E no domingo de manhã, ela saiu?

— No dia seguinte ao roubo?

— Sim.

O barão chamou sua esposa e lhe perguntou. Ela respondeu:

— A senhorita saiu como de costume para ir à missa das onze horas com as crianças.

— Mas, e antes?

— Antes? Não... Ou melhor... Mas eu estava perturbada por esse roubo...! Contudo, lembro-me de que ela me pediu, na véspera, autorização para sair na manhã do domingo... Para ver uma prima que estava de passagem por Paris, acho. Mas não suponho que o senhor suspeite dela...?

— Certamente que não... No entanto, gostaria de vê-la.

Ele subiu até o quarto de Wilson. Uma mulher, vestida como uma enfermeira, com um longo vestido de tecido cinza, estava inclinada sobre o doente e lhe dava de beber. Quando ela se virou, Sholmès reconheceu a jovem que o havia abordado em frente à estação Gare du Nord.

Não houve, entre eles, a menor explicação. Alice Demun sorriu docemente, seus olhos encantadores e sérios, sem qualquer embaraço. O inglês queria falar, esboçou algumas sílabas e se calou. Então, ela retomou seu trabalho, caminhando pelo quarto tranquilamente sob o olhar espantado de Sholmès, mexeu em frascos, desenrolou e enrolou faixas de gaze e, novamente, dirigiu a ele seu franco sorriso.

Ele deu meia volta, desceu, avistou no pátio o automóvel do sr. d'Imblevalle, instalou-se nele e se fez conduzir até Levallois, ao depósito de coches cujo endereço estava anotado no recibo de fiacre entregue pela criança. O cocheiro Duprêt, que conduzia o 8279 na manhã do domingo, não estava lá, então Sholmès enviou de volta o automóvel e esperou até o horário da troca de turno.

O cocheiro Duprêt contou que, de fato, havia "carregado" uma mulher até as cercanias do parque Monceau, uma jovem vestida de negro, com um buquê de violetas e que parecia muito agitada.

— Ela carregava um pacote?

— Sim, um pacote bastante comprido.

— E o senhor a levou...?

— À avenida des Ternes, na esquina da praça Saint-Ferdinand. Ela permaneceu lá por uns dez minutos e depois voltou ao parque Monceau.

— O senhor reconheceria a casa da avenida des Ternes?

— Óbvio! Quero que o leve até lá?

— Agora mesmo. Antes, leve-me ao número 36 do Quai des Orfèvres.

Na chefatura de Polícia, ele teve a sorte de encontrar imediatamente o inspetor-chefe Ganimard.

— Sr. Ganimard, está livre?

— Se se tratar de Lupin, não.

— Trata-se de Lupin.

— Então, não me movo.

— Como assim! O senhor renuncia...

— Renuncio ao impossível! Estou cansado de uma luta desigual, na qual temos certeza de ficar para trás. É covarde, é absurdo, é tudo o que quiser... Não me importo! Lupin é mais forte do que nós. Em consequência, só nos resta nos curvarmos.

— Eu não me curvo.

— Ele fará com que se curve, como fez com os outros.

— Ora, esse é um espetáculo que, com certeza, vai agradar ao senhor!

— Ah! Isso é verdade — disse Ganimard ingenuamente. — E dado que o senhor ainda não apanhou o bastante, vamos lá.

Os dois subiram no fiacre. Sob suas ordens, o cocheiro os deixou um pouco antes da casa e do outro lado da avenida, na frente de um pequeno café em cujo terraço se sentaram, entre loureiros e evônimos.

— Garçom — chamou Sholmès —, traga-me algo para escrever.

Escreveu e chamou novamente o garçom:

— Leve esta carta ao porteiro dessa casa da frente. É evidentemente o homem de boina que está fumando sob a porta da cocheira.

O porteiro veio até eles, e, tendo Ganimard anunciado seu título de inspetor-chefe, Sholmès perguntou se, na manhã do domingo, estivera por ali uma jovem vestida de negro.

— De negro? Sim, por volta das nove horas... a jovem que costuma ir ao segundo andar.

— O senhor a vê com frequência?

— Não, mas, de algum tempo pra cá, tenho visto mais... Na última quinzena, quase todos os dias.

— E desde o domingo?

— Só uma vez... Sem contar hoje.

— Como! Ela veio!

— Ela está lá.

— Ela está lá!

— Faz uns bons dez minutos. O coche a espera na praça Saint-Ferdinand, como de costume. Cruzei com ela na porta.

— E quem é o locatário do segundo?

— Há dois, uma modista, a srta. Langeais, e um cavalheiro que alugou dois cômodos mobiliados faz um mês, sob o nome de Bresson.

— Por que diz "sob o nome"?

— Tenho a impressão de que é um nome falso. Minha mulher cuida da faxina de sua casa, e, bem, ele não tem duas camisas em que as iniciais sejam as mesmas.

— Como ele vive?

— Oh! Quase sempre está fora. Faz três dias que não volta para casa.

— Ele voltou na noite de sábado para domingo?

— Na noite de sábado para domingo? Um momento, deixe-me pensar... Sim, na noite de sábado ele voltou e não saiu mais.

— E que tipo de homem é esse?

— Juro que não saberia dizer. Ele muda tanto! É alto, é baixo, é gordo, é magro... Moreno e loiro. Nem sempre o reconheço.

Ganimard e Sholmès se entreolharam.

— É ele — murmurou o inspetor —, com certeza é ele.

O velho policial realmente sofreu um instante de perturbação que se traduziu por um bocejo e uma crispação de seus dois punhos.

Sholmès também, ainda que mais senhor de si, sentiu um aperto no coração.

— Atenção — disse o porteiro —, ali está a jovem.

A senhorita, de fato, apareceu na soleira da porta e atravessou a praça.

— E ali está o sr. Bresson.

— O sr. Bresson? Qual?

— Aquele que carrega um pacote embaixo do braço.

— Mas ele não acompanha a moça. Ela voltou sozinha para seu coche.

— Ah! Tem isso, eu nunca os vi juntos.

Os dois policiais se levantaram precipitadamente. À luz dos postes, reconheceram a silhueta de Lupin, que se afastava em uma direção oposta à da praça.

— Quem o senhor prefere seguir? — indagou Ganimard.

— Ele, é claro! É a grande caça.

— Então, vou seguir a senhorita — propôs Ganimard.

— Não, não — disse vivamente o inglês, que não queria revelar nada do caso a Ganimard —, a senhorita eu sei onde encontrar... não saia de perto de mim.

À distância, e utilizando o auxílio momentâneo dos passantes e dos quiosques, puseram-se à perseguição de Lupin. Perseguição fácil, aliás, porque ele não se virava e caminhava rapidamente, mancando ligeiramente da perna direita, tão ligeiramente que seria necessário o olho treinado de um especialista para percebê-lo. Ganimard disse:

— Ele parece mancar.

E prosseguiu:

— Ah! Se pudéssemos reunir dois ou três agentes e saltar já sobre o nosso indivíduo! Corremos o risco de perdê-lo.

Mas nenhum agente apareceu antes da Porta des Ternes, e, tendo ultrapassado as muralhas, eles abriram mão de contar com algum auxílio.

— Vamos nos separar — disse Sholmès —, o lugar está deserto.

Era o bulevar Victor-Hugo. Cada um deles foi para um lado da calçada e avançou seguindo a linha das árvores.

Continuaram assim por vinte minutos até o momento em que Lupin virou para a esquerda e margeou o Sena. Lá, viram-no descer até a beira do rio. Ele ficou ali por alguns segundos sem que lhes fosse possível distinguir seus gestos. Depois, subiu o barranco e voltou por onde viera. Os dois se esconderam entre os pilares de um portão. Lupin passou à frente deles. Não estava mais com o pacote.

E, conforme se afastava, um outro indivíduo saiu de um canto da casa e se esgueirou por entre as árvores.

Sholmès disse em voz baixa:

— Aquele ali também parece segui-lo.

— Sim, tenho a impressão de que o vi enquanto vínhamos para cá.

A caça recomeçou, mais complicada devido à presença do indivíduo. Lupin retomou o caminho, atravessou de novo a Porta des Ternes e voltou ao prédio da praça Saint-Ferdinand.

O porteiro fechava a porta quando Ganimard apareceu.

— O senhor o viu, não?

— Sim, eu desligava o gás da escada quando ele empurrou o ferrolho de sua porta.

— Não há ninguém com ele?

— Ninguém, nenhum criado... Ele nunca come aqui.

— Não existe uma escada de serviço?

— Não.

Ganimard disse a Sholmès:

— O mais fácil é eu me instalar diante da porta de Lupin, enquanto o senhor vai procurar pelo comissário de polícia da rua Demours. Vou escrever um bilhete a ele.

Sholmès objetou:

— E se ele escapar durante esse intervalo?

— Mas se fico aqui...!

— Um contra um, a luta com ele é desigual.

— Não posso, contudo, forçar a entrada em seu domicílio, não tenho o direito, ainda por cima à noite.

Sholmès deu de ombros.

— Quando o senhor tiver prendido Lupin, não vão reclamar das condições da detenção. Além disso, ora! Trata-se, no máximo, de tocar a campainha. Veremos o que acontecerá.

Subiram. Uma porta de dois batentes se oferecia à esquerda do saguão. Ganimard tocou. Nenhum ruído. Tocou de novo. Ninguém.

— Entremos — murmurou Sholmès.

— Sim, vamos.

No entanto, permaneceram imóveis, o ar vacilante. Como quem hesita no momento de cumprir um ato decisivo, eles temiam agir, e parecia-lhes subitamente impossível que Arsène Lupin estivesse ali, tão perto, atrás daquela divisória frágil que um golpe de punho podia tombar. Tanto um como outro o conheciam bem demais, aquele personagem diabólico, para admitir que ele se deixaria capturar assim tão estupidamente. Não, não, mil vezes não, Lupin não estava mais lá. Pelos prédios vizinhos, pelos telhados, por alguma saída convenientemente preparada, ele deve ter fugido e, mais uma vez, é apenas sua sombra que vão agarrar.

Arrepiaram-se. Um barulho imperceptível, vindo do outro lado da porta, havia como que tocado o silêncio. E tiveram a impressão, a certeza, de que, afinal, ele estava ali, separado pela fina divisória de madeira, e de que ele os escutava, que os ouvia.

O que fazer? A situação era trágica. Apesar do sangue frio de velhos policiais calejados, tamanha emoção mexia de tal forma com eles, que imaginavam perceber os batimentos de seus corações.

Com o canto do olho, Ganimard consultou Sholmès. Depois, violentamente, com o punho, estremeceu o batente da porta.

Ruído de passos, agora, um ruído que não mais procurava se dissimular...

Ganimard sacudiu a porta. Com um impulso irresistível, Sholmès, projetando o ombro, derrubou-a, e os dois se lançaram ao ataque.

Pararam imediatamente. Um tiro havia soado no cômodo vizinho. E mais outro, e o barulho de um corpo caindo...

Quando entraram, viram o homem estendido, o rosto contra o mármore da chaminé. Ele teve uma convulsão. O revólver caiu de sua mão.

Ganimard inclinou-se e virou a cabeça do morto. Sangue a cobria, escorrendo por duas grandes feridas, uma na face e outra na têmpora.

— Está irreconhecível — murmurou.

— Claro! — disparou Sholmès. — Não é ele.

— Como sabe? O senhor nem sequer o examinou.

O inglês caçoou:

— Acredita, então, que Arsène Lupin é capaz de se matar?

— Mas nós pensamos tê-lo reconhecido lá fora...

— Pensamos, porque queríamos pensar. Esse homem é nossa obsessão.

— Então, é um de seus cúmplices.

— Os cúmplices de Arsène Lupin não se matam.

— Então, quem é?

Revistaram o cadáver. Em um bolso, Herlock Sholmès encontrou uma carteira vazia, em outro, Ganimard encontrou alguns luíses. Na ceroula, nenhuma etiqueta, assim como nas roupas.

Nos baús — um grande baú e duas malas de viagem —, nada além de pertences pessoais. Na lareira, um punhado de jornais. Ganimard os abriu. Todos falavam do roubo da luminária judaica.

Uma hora depois, quando Ganimard e Sholmès se retiraram, não sabiam nada sobre o singular personagem que tinham encurralado e levado ao suicídio.

Quem era? Por que se matara? Qual elo o ligava ao caso da luminária judaica? Quem o havia seguido durante sua caminhada? Quantas questões, cada uma mais complexa do que as outras... quantos mistérios...

Herlock Sholmès se deitou com péssimo humor. Ao acordar, recebeu um telegrama assim concebido:

> *"Arsène Lupin tem a honra de lhes participar sua trágica morte na pessoa do senhor Bresson e de convidá-los para assistir às suas exéquias, missa e sepultamento, que ocorrerão às custas do Estado na quinta-feira, 25 de junho."*

Capítulo 2

— Veja, meu velho camarada — dizia Sholmès a Wilson brandindo o telegrama de Arsène Lupin —, o que me exaspera nesta aventura é sentir continuamente pousado em mim o olho desse demoníaco *gentleman*. Nenhum dos meus mais secretos pensamentos escapa a ele. Ajo como um ator cujos passos são todos determinados por uma encenação rigorosa, que anda até certo ponto e diz tal coisa, porque assim quis uma vontade superior. Compreende, Wilson?

Wilson certamente teria compreendido se não tivesse dormido o sono profundo de um homem cuja temperatura varia entre quarenta e quarenta e um graus. Mas, ele escutando ou não, isso não tinha importância alguma para Sholmès, que prosseguiu:

— Preciso recrutar toda a minha energia e colocar em prática todos os meus recursos para não me desencorajar. Por sorte, no meu caso, essas pequenas provocações são o mesmo que alfinetadas a me estimularem. Atenuado o calor da picada, curada a ferida no amor-próprio, finalmente, digo: "divirta-se enquanto consegue, meu bom homem. Cedo ou tarde, o senhor mesmo se trairá." Porque, afinal, Wilson, não foi Lupin, por meio de sua primeira mensagem e pela reflexão que ela sugeriu à pequena Henriette, não foi ele que me entregou o segredo de sua correspondência com Alice Demun? Esquece-se desse detalhe, velho camarada.

Ele perambulava pelo quarto, com passos barulhentos, arriscando acordar o velho camarada.

— Enfim! Isso não vai tão mal, e, se os caminhos que sigo estão um pouco obscuros, começo a me encontrar neles. Em primeiro lugar, vou me fixar no senhor Bresson. Ganimard e eu nos encontraremos à beira do Sena, no local onde Bresson jogou fora o pacote, e o papel desse senhor nos será revelado. Quanto ao restante, trata-se de uma partida a ser disputada entre Alice Demun e eu. A adversária é de frágil envergadura, hã, Wilson? E não acha que, em breve, decifrarei a frase do álbum e o que significam aquelas duas letras isoladas, o "C" e o "H"? Porque está tudo aí, Wilson.

A senhorita entrou no mesmo instante e, percebendo que Sholmès gesticulava, disse-lhe gentilmente:

— Sr. Sholmès, devo repreendê-lo se acordar meu doente. Não é bom que ele seja perturbado. O doutor exige tranquilidade absoluta.

Ele a contemplava sem dizer uma palavra, espantado, como no primeiro dia, por sua calma inexplicável.

— O que tem para me olhar assim, sr. Sholmès? Nada? Ora, sim... Parece sempre ter alguma desconfiança... Qual é? Responda, eu lhe suplico.

Ela o interrogava com todo o seu rosto franco, seus olhos ingênuos, sua boca que sorria e, também, com toda a sua postura, suas mãos unidas, seu busto ligeiramente projetado. E havia tanta candura nela que o inglês sentiu raiva. Aproximou-se e disse em voz baixa:

— Bresson se matou ontem à noite.

Ela repetiu, sem parecer entender:

— Bresson se matou ontem...

Na verdade, nenhuma contração alterou seu rosto, nada que revelasse o esforço da mentira.

— A senhorita foi avisada... — disse ele com irritação. — Caso contrário, teria ao menos vacilado... Ah! A senhorita é mais forte do que eu pensava... Mas por que dissimular?

Ele pegou o álbum de imagens que acabara de colocar em uma mesa vizinha e, abrindo-o na página recortada, perguntou:

— Poderia me dizer em que ordem devemos dispor as letras que faltam aqui, para conhecermos o conteúdo exato do bilhete que a senhorita enviou a Bresson quatro dias antes do roubo da luminária judaica?

— Em que ordem...? Bresson...? O roubo da luminária judaica...? — ela repetia as palavras lentamente, como se para extrair-lhes o sentido.

Ele insistiu.

— Sim. Aqui estão as letras utilizadas... Neste pedaço de papel. O que a senhorita dizia a Bresson?

— As letras utilizadas... O que eu dizia...

De repente, ela explodiu em uma gargalhada.

— Já sei! Compreendo! Sou a cúmplice do roubo! Há um certo sr. Bresson que pegou a luminária judaica e que se matou. E eu, eu sou a amiga desse senhor. Oh! Como é divertido!

— Então, quem a senhorita foi ver ontem à noite, no segundo andar de um prédio na avenida des Ternes?

— Quem? Ora, a minha modista, a srta. Langeais. Será que minha modista e meu amigo, sr. Bresson, não seriam a mesma pessoa?

Apesar de tudo, Sholmès duvidou. Podemos simular, com o intuito de ludibriar o terror, a alegria, a inquietação, todos os sentimentos, mas nunca a indiferença, tampouco o riso feliz e despreocupado.

Ainda assim, ele disse:

— Uma última palavra: por que, naquela noite na estação Gare du Nord, a senhorita me abordou? E por que me pediu para voltar imediatamente sem que me ocupasse desse roubo?

— Ah, é muito curioso, sr. Sholmès — respondeu ela ainda rindo da forma mais natural. — Como punição, não saberá de nada e, além disso, cuidará do doente enquanto vou à farmácia... Uma receita urgente... Eu me vou.

Saiu.

— Fui enrolado — murmurou Sholmès. — Não apenas não consegui nada dela, como ainda me entreguei.

E ele se lembrou do episódio do diamante azul e do interrogatório a que havia submetido Clotilde Destange. Não seria aquela a mesma serenidade que a Mulher loira havia apresentado, e não estaria ele novamente em face de uma dessas criaturas que, protegidas por Arsène Lupin, sob a ação direta de sua influência, mantinham em meio à angústia do perigo a calma mais estarrecedora?

— Sholmès... Sholmès...

Ele se aproximou de Wilson, que o chamava, e inclinou-se na sua direção.

— O que foi, velho camarada? Está sofrendo?

Wilson mexeu os lábios sem conseguir falar. Enfim, depois de muito esforço, balbuciou:

— Não... Sholmès... Não é ela... É impossível que seja ela...

— O que está crocitando aí? Pois lhe digo que é ela, sim! Só diante de uma criatura de Lupin, arrumada e preparada por ele, é que eu perco a cabeça e ajo assim, tão tolamente... Ei-la, agora que conhece toda a história do álbum... Aposto com você que, antes de uma hora, Lupin será avisado. Antes de uma hora? Que digo! Mas agora mesmo! O farmacêutico, a receita urgente... Papo furado!

Esquivou-se rapidamente, desceu a avenida de Messine e avistou a senhorita entrando em uma farmácia. Ela reapareceu dez minutos mais tarde, com frascos e uma garrafa envolvidos em papel branco. Mas, enquanto subia a avenida, ela foi abordada por um homem que a perseguia, a boina na mão e o ar obsequioso, como se pedisse uma ajuda.

Ela parou e deu a ele uma esmola, depois retomou seu caminho.

— Ela falou com ele — disse o inglês a si mesmo.

Mais do que uma certeza, essa foi uma intuição, entretanto forte o suficiente para que ele mudasse de tática. Abandonando a jovem, lançou-se no rastro do falso mendigo.

Chegaram assim, um atrás do outro, à praça Saint-Ferdinand, e o homem vagou por muito tempo ao redor do prédio de Bresson, por vezes erguendo os olhos para as janelas do segundo andar e vigiando pessoas que penetravam na casa.

Ao final de uma hora, subiu na plataforma superior de um bonde que se dirigia para Neuilly. Sholmès também subiu e se sentou atrás do indivíduo, um pouco mais afastado e ao lado de um senhor oculto pelas folhas abertas de seu jornal. Nas fortificações, o jornal abaixou, Sholmès viu Ganimard, e Ganimard lhe disse ao ouvido, designando o indivíduo:

— É o nosso homem de ontem à noite, aquele que seguia Bresson. Faz uma hora que ele perambula na praça.

— Nada de novo a respeito de Bresson? — perguntou Sholmès.

— Sim, uma carta que chegou nesta manhã ao endereço dele.

— Nesta manhã? Então foi colocada no correio ontem, antes que o remetente soubesse da morte de Bresson.

— Precisamente. Ela está nas mãos do juiz de investigação. Mas guardei os termos: "Ele não aceita negociação alguma. Quer tudo, tanto a primeira coisa quanto aquelas do segundo caso. Se não, ele vai agir." E nenhuma assinatura — acrescentou Ganimard. Como o senhor vê, essas poucas linhas não nos servirão para muita coisa.

— De modo algum partilho de sua opinião, sr. Ganimard; pelo contrário, essas poucas linhas me parecem muito interessantes.

— E por quê, meu Deus?

— Por razões que me são pessoais — respondeu Sholmès com a franqueza que dispensava a seu colega.

O bonde parou na rua du Château, no terminal. O indivíduo desceu e saiu tranquilamente.

Sholmès o escoltava, e de tão perto, que Ganimard se assustou:

— Se ele se virar, estamos fritos.

— Ele não vai se virar, por enquanto.

— O que o senhor sabe?

— É um cúmplice de Arsène Lupin, e o fato de um cúmplice de Lupin caminhar assim, as mãos nos bolsos, prova em primeiro lugar que ele sabe estar sendo seguido, e em segundo lugar que não teme nada.

— Mas estamos grudados nele!

— Não tanto a ponto de não conseguir escapar de nossas mãos antes de um minuto. Está muito seguro de si.

— Calma! Calma! O senhor só pode estar brincando. Lá na frente, na porta daquele café, estão dois policiais de bicicleta. Se eu decidir chamá-los e abordar o personagem, pergunto-me como ele escapará de nossas mãos.

— O personagem não parece se importar muito com essa eventualidade. Ele mesmo os chama!

— Maldito! — proferiu Ganimard. — Que ousadia!

O indivíduo, de fato, avançou na direção dos dois agentes no momento em que começavam a subir nas bicicletas. Disse-lhes algumas palavras e depois, subitamente, saltou sobre uma terceira bicicleta, que estava apoiada contra o muro do café, e se afastou rapidamente com os dois policiais.

O inglês soltou uma gargalhada.

— Olhe só! Eu não tinha previsto? Um, dois, três, raptado! E por quem? Por dois de seus colegas, sr. Ganimard. Ah! Sabe das coisas, esse Arsène Lupin! Policiais ciclistas na folha de pagamento! Bem quando eu lhe dizia que nosso personagem estava calmo demais!

— Mas e daí? — gritou Ganimard, incomodado. — O que poderíamos fazer? É bem fácil rir!

— Vamos, vamos, não se zangue. Nós nos vingaremos. No momento, precisamos de reforços.

— Folenfant me espera no final da avenida de Neuilly.

— Ótimo, pegue-o de passagem e venha se encontrar comigo.

Ganimard se afastou enquanto Sholmès seguia os rastros das bicicletas, bem visíveis na poeira da via, posto que duas delas estavam equipadas com pneus estriados. E ele percebeu rápido que aqueles traços o conduziam à beira do Sena e que os três homens tinham virado para o mesmo lado que Bresson, na noite anterior. Chegou, assim, à grade contra a qual ele próprio havia se escondido com Ganimard e, um pouco mais adiante, constatou um emaranhado de linhas estriadas, provando que haviam feito uma parada naquele local. Bem à frente havia uma pequena língua de terreno que apontava para o Sena, e em cuja extremidade estava amarrada uma velha balsa.

Era ali que Bresson devia ter lançado seu pacote, ou ainda, que o deixou cair. Sholmès desceu o barranco e viu que, como o banco descia em uma inclinação bem suave e a água do rio estava baixa, seria fácil encontrar o pacote... a menos que os três homens não tivessem se adiantado.

— Não, não — disse a si mesmo. — Eles não tiveram tempo... quinze minutos, no máximo... E, no entanto, por que passaram por aqui?

Um pescador estava sentado na balsa. Sholmès o indagou:

— O senhor por acaso viu três homens de bicicleta?

O pescador sinalizou que não.

O inglês insistiu:

— Viu sim... três homens... acabaram de parar a dois passos do senhor...

O pescador colocou sua linha embaixo do braço, tirou do bolso uma caderneta, escreveu em uma das folhas, rasgou-a e estendeu-a a Sholmès.

Um grande calafrio sacudiu o inglês. Com um relance, ele havia visto, no meio da página que tinha nas mãos, a sequência de letras cortadas do álbum.

"CDEHNOPRESO-237"

Um sol pesado pendia sobre o rio. O homem havia retomado seu trabalho, protegido sob a vasta aba de um chapéu de palha, sua jaqueta e seu colete empilhados junto de si. Pescava atentamente, enquanto a cortiça de sua linha boiava na água.

Passou-se um minuto, um minuto de solene e terrível silêncio.

"Será ele?", pensava Sholmès com uma ansiedade quase dolorosa.

E a verdade o atingiu:

"É ele! É ele! Só ele é capaz de ficar assim, sem um tremor de inquietude, sem nada temer quanto ao que vai acontecer... E quem mais saberia dessa história do álbum? Alice o avisou por meio de seu mensageiro."

De súbito, o inglês percebeu que sua mão, sua própria mão, havia agarrado a coronha de seu revólver e que seus olhos se fixavam nas costas do indivíduo, um pouco abaixo da nuca. Apenas um gesto e todo o drama se encerraria, a vida de estranho aventureiro terminaria miseravelmente.

O pescador não se moveu.

Sholmès pegou nervosamente sua pistola com o desejo desvairado de atirar e acabar com tudo, ao mesmo tempo horrorizado por um ato que afrontava a sua natureza. A morte era certa. Seria o fim.

"Ah", pensou ele, "que se levante, que se defenda... Do contrário, pior para ele... Mais um segundo... E atiro..."

Mas um ruído de passos o fez virar a cabeça, e ele avistou Ganimard que se aproximava na companhia dos inspetores.

Então, mudando de ideia, tomou impulso e saltou no barco cuja corda se arrebentou com o forte tranco, caiu sobre o homem e aplicou-lhe uma gravata. Rolaram os dois no fundo da embarcação.

— E depois? — exclamou Lupin, debatendo-se. — O que isso prova? Quando um de nós reduzir o outro à impotência, estaremos bem avançados! O senhor não saberá o que fazer comigo, nem eu com o senhor. Ficaríamos aqui como dois imbecis...

Os dois remos deslizaram para a água. A balsa ficou à deriva. Exclamações se entrecruzavam ao longo da margem, e Lupin continuou:

— Mas que ideia, cavalheiro! Será que perdeu a noção das coisas...? Tais tolices na sua idade! E um menino crescido como o senhor! Ora, que coisa feia...!

Conseguiu se desvencilhar.

Exasperado, disposto a tudo, Herlock Sholmès colocou a mão no bolso. E rogou uma praga: Lupin havia pegado seu revólver.

Então, ele se lançou de joelhos e tentou pegar um dos remos, a fim de voltar à margem, enquanto Lupin insistia no outro, a fim de avançar para o leito do rio.

— Vai alcançar... Não vai alcançar... — dizia Lupin —, aliás, isso não tem importância alguma... Se o senhor alcançar seu remo, eu o impeço de usá-lo... E o senhor, idem. Mas é assim, na vida nos esforçamos para agir...

Sem a menor razão, porque é sempre a sorte que decide... É isso, entendeu?, A sorte... E, bem, ela beneficia o seu velho Lupin... Vitória! A corrente me favorece!

O barco, de fato, começava a se distanciar.

— Cuidado! — gritou Lupin.

Alguém, na margem, apontava um revólver. Ele abaixou a cabeça, um disparo ressoou, um filete de água jorrou perto deles. Lupin teve um ataque de riso.

— Deus me defenda, é o nosso amigo Ganimard...! Mas é muito feio o que está fazendo aí, Ganimard. Só tem o direito de atirar no caso de legítima defesa... Este pobre Arsène o deixa assim tão feroz a ponto de se esquecer de todos os seus deveres...? Ora, e lá vem ele de novo...! Mas, seu infeliz, é meu querido mestre que você vai atingir.

Ele protegeu Sholmès com seu corpo e, de pé na balsa, encarou Ganimard.

— Pois bem! Agora estou tranquilo... Mire aqui, Ganimard, em pleno coração... Mais alto... À esquerda... Errou... Que desastrado... Mais um tiro...! Mas está tremendo, Ganimard... É você que tem o controle, não? E o sangue-frio...! Um, dois, três, fogo...! Errou! Meu Deus, será que o governo lhes dá brinquedos de criança no lugar de pistolas?

Exibiu, então, um longo revólver, maciço e liso e, sem mirar, atirou. O inspetor levou a mão ao seu chapéu: uma bala o atravessara.

— O que me diz, Ganimard? Ah! Este aqui vem de uma boa fábrica. Saúdem-no, cavalheiros, é o revólver de meu nobre amigo, o mestre Herlock Sholmès!

E, com um movimento do braço, ele lançou a arma exatamente aos pés de Ganimard.

Sholmès não conseguia se abster de sorrir e de admirar. Que transbordamento de vida! Que felicidade jovial e espontânea! E como ele parecia se divertir! Podia-se dizer que a sensação do perigo causava nele uma alegria física e que a existência não tinha, para esse homem extraordinário, outro objetivo a não ser a busca por perigos que ele se divertia em expurgar.

De cada lado do rio, enquanto isso, pessoas se aglomeravam, e Ganimard e seus homens seguiam a embarcação que balançava ao largo, muito suavemente levada pela corrente. Era a captura inevitável, matemática.

— Confesse, mestre — exclamou Lupin, virando-se para o inglês —, que o senhor não cederia seu lugar nem por todo o ouro do Transvaal! É que o senhor está na primeira fileira da plateia! Mas, primeiramente e antes de mais nada, o prólogo... Após o qual saltaremos, de uma vez só, para o quinto ato, a captura ou a fuga de Arsène Lupin. Então, meu caro mestre, tenho uma pergunta para lhe fazer, e lhe suplico, de modo a não haver equívoco, para que me responda com um "sim" ou um "não". Renuncie a se ocupar desse caso. Ainda há tempo, e posso reparar o mal que o senhor causou. Mais tarde, não poderei mais. Está combinado?

— Não.

O rosto de Lupin se contraiu. Essa obstinação o irritava visivelmente. Retomou:

— Insisto. Pelo senhor mais do que por mim mesmo, insisto, na certeza de que será o primeiro a se arrepender de sua intervenção. Uma última vez: sim ou não?

— Não.

Lupin se colocou de cócoras, retirou uma das tábuas do fundo e, durante alguns minutos, executou um trabalho cuja natureza Sholmès não conseguiu discernir. Depois, levantou-se, sentou-se perto do inglês e falou nos seguintes termos:

— Acredito, mestre, que viemos até a beira deste rio por motivos idênticos: pescar de volta o objeto do qual Bresson se desfez, certo? De minha parte, havia marcado com alguns camaradas e estava bem a ponto — minhas roupas sumárias o indicam — de fazer uma pequena exploração nas profundezas do Sena, quando meus amigos anunciaram sua aproximação. Confesso, aliás, que não fui surpreendido, sendo avisado, de hora em hora, ouso dizer, do progresso de sua busca. É tão fácil. Assim que acontecer, na rua Murillo, qualquer coisa capaz de me interessar, basta um telefonema, e sou avisado! O senhor compreende que, nessas condições...

Parou. A tábua que havia retirado se erguia, agora, e, ao redor, água entrava aos pequenos jorros.

— Diabos, não sei bem o que fiz, mas me parece que há um vazamento no fundo desta velha embarcação. Não está com medo, mestre?

Sholmès deu de ombros. Lupin continuou:

— O senhor compreende que, nessas condições, e sabendo de antemão que o senhor procuraria o combate ainda mais ardentemente se eu me esforçasse a evitá-lo, seria para mim mais agradável me envolver com o senhor em uma disputa cujo desfecho é certo, porque tenho todos os trunfos na mão. E eu quis dar ao nosso reencontro o máximo de visibilidade possível, a fim de que sua derrota fosse universalmente conhecida, e de que uma outra condessa de Crozon ou um outro barão d'Imblevalle não fossem tentados a solicitar seu socorro contra mim. Não veja aí, aliás, meu caro mestre...

Ele se interrompeu novamente e, servindo-se das mãos meio fechadas como uma luneta, observou as margens.

— Maldição! Eles fretaram uma soberba canoa, um verdadeiro navio de guerra, e ei-los remando feito. Em menos de cinco minutos, ocorrerá a abordagem, e estarei perdido. Sr. Sholmès, um conselho: o senhor se lança sobre mim, me amarra e me entrega à justiça de meu país... Esse plano o agrada...? Desde que, daqui até lá, não tenhamos naufragado e, neste caso, só nos restaria preparar nosso testamento. O que me diz?

Seus olhares se cruzaram. Dessa vez, Sholmès compreendeu a manobra de Lupin: ele havia perfurado o fundo do barco. E a água subia.

Ela atingiu a sola de suas botas. Recobriu seus pés: eles não fizeram movimento algum.

A água passou de seus tornozelos: o inglês pegou sua bolsinha de fumo, enrolou um cigarro e o acendeu.

Lupin prosseguiu:

— E veja em tudo isso, meu caro mestre, apenas a humilde confissão de minha impotência diante do senhor. Inclinar-me perante o senhor implica aceitar as únicas batalhas em que a vitória me seja reservada, a fim de evitar aquelas cujo terreno não escolhi. É reconhecer que Sholmès é o único inimigo que temo, e proclamar minha inquietude enquanto Sholmès não for afastado do meu caminho. Eis, meu caro mestre, o que eu tinha para lhe dizer, dado que o destino me proporciona a honra de uma conversa com o senhor. Só lamento uma coisa: que essa conversa tenha ocorrido enquanto fazemos um escalda-pés...! Situação que carece de solenidade, confesso... Mas o que digo! Um escalda-pés...! Um banho de assento, na verdade!

A água chegava ao banco onde estavam sentados, e a balsa afundava cada vez mais.

Sholmès, imperturbável, o cigarro nos lábios, parecia absorto na contemplação do céu. Por nada no mundo, diante daquele homem cercado de perigos, rodeado pela multidão, rastreado pela matilha de agentes e que, mesmo assim, mantinha seu ótimo humor, por nada no mundo ele consentiria em revelar o mais leve sinal de agitação.

"O quê?!", os dois pareciam dizer, "esquentar a cabeça por tais futilidades? Não acontece, todos os dias, que pessoas se afoguem em um rio? E são lá incidentes que merecem nossa atenção? E um tagarelava, e o outro devaneava, ambos escondendo sob uma mesma máscara de imprudência o choque formidável de seus orgulhos.

Um minuto a mais e eles afundariam.

— O essencial — pronunciou Lupin — é saber se afundaremos antes ou depois da chegada dos bastiões da justiça. O ponto reside nisso. Pois a questão do naufrágio já nem se discute. Mestre, esta é a hora solene do testamento. Eu lego toda a minha fortuna a Herlock Sholmès, cidadão inglês, desde que... mas, meu Deus, como eles avançam rápido, os bastiões da justiça! Ah, essa gente corajosa! Dá prazer vê-los. Que precisão na remada! Ora, mas é você, sargento Folenfant? A ideia do navio de guerra é excelente. Vou recomendá-lo a seus superiores, sargento Folenfant... É a medalha que deseja? Entendido... São favas contadas. E seu camarada Dieuzy, onde está? Na margem esquerda, não é, no meio de uma centena de indígenas...? De modo que, se eu escapar do naufrágio, serei recolhido à esquerda por Dieuzy e seus indígenas, ou à direita por Ganimard e a população de Neuilly. Incômodo dilema...

Houve um redemoinho. A embarcação virou sobre si mesma, e Sholmès precisou se agarrar ao anel dos remos.

— Mestre — disse Lupin —, eu lhe suplico que tire o paletó. Ficará mais confortável para nadar. Não? O senhor recusa? Então, visto o meu.

Ele colocou o paletó, abotoou-o hermeticamente como o de Sholmès e suspirou:

— Que homem rude o senhor é! E que pena ter se envolvido em um caso... No qual certamente dá a medida de suas habilidades, mas tão inutilmente! Palavra, o senhor desperdiça sua genialidade...

— Sr. Lupin — pronunciou Sholmès, enfim, saindo de seu mutismo —, o senhor fala demais e, frequentemente, peca pelo excesso de confiança e pela leviandade.

— A reprimenda é severa.

— Foi assim que, sem saber, o senhor me entregou, um instante atrás, a informação que eu procurava.

— Como! O senhor procurava por uma informação e não me disse!

— Não preciso de ninguém. Daqui a três horas darei a chave do enigma ao sr. e à sra. d'Imblevalle. Eis a única resposta...

Não concluiu sua frase. A balsa soçobrou de uma vez só, levando os dois. Emergiu imediatamente depois, revirada, o casco para cima. Ouviram-se fortes gritos nas duas margens, depois um silêncio ansioso e, de repente, novas exclamações: um dos náufragos havia reaparecido.

Era Herlock Sholmès.

Excelente nadador, dirigiu-se com largas braçadas na direção da canoa de Folenfant.

— Força, sr. Sholmès! — gritou o sargento. — Estamos aqui... Não esmoreça... Cuidaremos dele depois... Nós o pegamos, vamos... Mais um pequeno esforço, sr. Sholmès... Pegue a corda...

O inglês agarrou uma corda que estendiam a ele. Mas, enquanto se içava a bordo, uma voz logo atrás o interpelou:

— A chave do enigma, meu caro mestre, oh, sim, o senhor a terá. Surpreende-me que o senhor ainda não a tivesse... E depois? De que servirá isso? É justamente nesse momento que a batalha estará perdida para o senhor...

Montado no casco que ele acabava de escalar enquanto discursava, agora confortavelmente instalado, Arsène Lupin continuava a falar com gestos solenes, como se esperasse convencer seu interlocutor:

— Entenda bem, meu caro mestre, não há nada a se fazer, absolutamente nada... O senhor se encontra na mais deplorável situação para um cavalheiro...

Folenfant o enquadrou.

— Renda-se, Lupin.

— O senhor é muito grosseiro, sargento Folenfant, interrompeu-me no meio de uma frase. Eu dizia...

— Renda-se, Lupin.

— Mas, diabos, sargento Folenfant, só nos rendemos quando estamos em perigo. Ora, não tem a pretensão de crer que eu corro o menor perigo, tem?

— Pela última vez, Lupin, intimo-o a se render.

— Sargento Folenfant, não tem intenção alguma de me matar; no máximo, tenciona me ferir, tamanho é o medo de que eu escape. E se, por acaso, a ferida fosse mortal? Ora, pense nos seus remorsos, infeliz! Na sua velhice envenenada...!

O disparo soou.

Lupin vacilou, agarrou-se por um instante ao casco, depois o soltou e desapareceu.

※

Eram exatamente três horas quando esses incidentes ocorreram. E exatamente às seis horas, conforme prometera, Herlock Sholmès, vestindo uma calça curta demais e um paletó justo demais que havia pegado emprestado de um dono de hospedaria de Neuilly, usando uma boina e paramentado com uma camisa de flanela e um cordão de seda na cintura, entrou na alcova da rua Murillo, depois de mandar avisar o sr. e a sra. d'Imblevalle que lhes pedia uma entrevista.

Encontraram-no andando para cá e para lá. E ele lhes pareceu tão cômico em suas roupas bizarras que tiveram que reprimir um forte desejo de rir. O ar pensativo, as costas encurvadas, ele caminhava como um autômato, da janela à porta, e da porta à janela, dando todas as vezes o mesmo número de passos, e virando-se todas as vezes no mesmo sentido.

Parou, pegou um bibelô, examinou-o mecanicamente, depois continuou a caminhar. Por fim, plantando-se diante deles, perguntou:

— A senhorita está aqui?

— Sim, no jardim, com as crianças.

— Sr. barão, como a conversa que teremos será definitiva, eu gostaria que a srta. Demun a acompanhasse.

— Será, realmente...?

— Tenha um pouco de paciência, cavalheiro. A verdade sairá claramente dos fatos que vou expor diante dos senhores, com a maior precisão possível.

— Que seja. Suzanne, poderia...?

A sra. d'Imblevalle se levantou e voltou quase no mesmo instante, acompanhada por Alice Demun. A senhorita, um pouco mais pálida do que o costume, ficou de pé, apoiada contra uma mesa sem sequer perguntar o motivo de ter sido chamada.

Sholmès pareceu não vê-la e, virando-se bruscamente para o sr. d'Imblevalle, falou em um tom que não admitia réplica:

— Depois de muitos dias de investigação, cavalheiro, e ainda que certos eventos tenham modificado por um instante a minha maneira de ver as coisas, eu repetiria ao senhor o que disse desde a primeira hora: a luminária judaica foi roubada por alguém que habita esta casa.

— O nome do culpado?

— Eu o conheço.

— As provas?

— As que tenho bastarão para confrontá-lo.

— Não basta que ele seja confrontado. Terá ainda que nos devolver...

— A luminária judaica? Está em minha posse.

— O colar de opalas? A caixa de rapé...?

— O colar de opalas, a caixa de rapé, enfim, tudo o que lhes foi roubado da segunda vez está em minha posse.

Sholmès amava esses relances teatrais e essa maneira um algo seca de anunciar suas vitórias.

De fato, o barão e sua esposa pareciam estupefatos, e o consideravam com uma curiosidade silenciosa que era o melhor dos elogios.

Ele retomou, então, nos mínimos detalhes, o relato do que havia feito durante aqueles três dias. Falou sobre a descoberta do álbum, escreveu em uma folha de papel a frase formada pelas letras recortadas, depois contou da expedição de Bresson à beira do Sena e do suicídio do aventureiro e, enfim, da luta que ele, Sholmès, acabava de travar contra Lupin, do naufrágio da balsa e do desaparecimento de Lupin.

Quando terminou, o barão disse em voz baixa:

— Só o que lhe resta é revelar a nós o nome do culpado. Quem, então, o senhor acusa?

— Acuso a pessoa que recortou as letras desse alfabeto e que se comunicou por meio dessas letras com Arsène Lupin.

— Como sabe que o correspondente dessa pessoa é Lupin?

— Pelo próprio Lupin.

Estendeu um pedaço de papel molhado e amassado. Era a página que Lupin havia arrancado de sua caderneta, na balsa, e na qual escrevera a frase.

— Note — apontou Sholmès com satisfação — que nada o obrigava a me dar essa folha e, em consequência, a se desmascarar. Foi uma simples molecagem de sua parte, e que me esclareceu as coisas.

— Que lhe esclareceu... — disse o barão. — No entanto, não vejo nada...

Sholmès copiou a lápis as letras e os algarismos.

CDEHNOPRSEO-237

— E daí? — perguntou o sr. d'Imblevalle. — É a fórmula que o senhor mesmo acabou de nos mostrar.

— Não. Se o senhor tivesse virado e revirado essa fórmula em todos os sentidos, teria visto, no mesmo instante, como eu vi, que não é igual à primeira.

— No quê, então?

— Ela compreende duas letras a mais, um "E" e um "O".

— De fato, eu não havia observado...

— Junte essas duas letras ao "C" e ao "H" que ficavam fora da palavra "responda" e vai constatar que a única palavra possível é "ECHO".

— O que significa...?

— O que significa "Écho de France", o jornal de Lupin, seu órgão oficial, aquele para o qual ele reserva seus "comunicados". Responda ao "Écho de France, seção de correspondências, número 237". Eis a chave do enigma que eu tanto procurava, e que Lupin me forneceu com tamanha boa vontade. Acabo de chegar dos escritórios do Écho de France.

— E encontrou?

— Encontrei toda a história detalhada das relações entre Arsène Lupin e... sua cúmplice.

E Sholmès espalhou sete jornais abertos na quarta página, das quais destacou estas sete linhas:

1º ARS. LUP. Mulher impl. proteç. 540.
2º Espera explicações. A.L.
3º A.L. Sob domin. inimiga. Perdida.
4º Escreva endereço. Farei investigação.
5º A.L. Murillo.
6º 540. Parque três horas. Violetas.
7º 237. Entendido sab. estarei dom. man. Parque.

— E o senhor chama isso uma história detalhada...! — exclamou o sr. d'Imblevalle.

— Meu Deus, sim, e apesar de prestar pouca atenção a ela, o senhor partilhará da minha opinião. De início, uma mulher que assina como 540 implora pela proteção de Arsène Lupin, ao que ele responde com um pedido de explicações. A mulher diz que está sob controle de um inimigo, de Bresson, sem dúvida alguma, e que está perdida se não vierem em seu auxílio. Lupin, que desconfia, que ainda não arrisca se comunicar com essa desconhecida, exige o endereço e propõe uma investigação. A mulher hesita por quatro dias — consulte as datas — e, por fim, sendo pressionada pelas ocorrências, influenciada pelas ameaças de Bresson, ela dá o nome de sua rua, Murillo. No dia seguinte, Arsène Lupin anuncia que estará no parque Monceau às três horas, e pede à sua desconhecida para levar um buquê de violetas como sinal de identificação. Aqui, há uma interrupção de oito dias na correspondência. Arsène Lupin e a mulher não precisam se comunicar pela via do jornal: eles se veem ou escrevem um para o outro diretamente. O plano é urdido para satisfazer as exigências de Bresson, a mulher roubará a luminária judaica. Resta combinar o dia. A mulher, que, por prudência, corresponde-se com o auxílio das palavras recortadas e coladas, decide pelo sábado e adiciona: "responda Écho 237". Lupin responde que está combinado e que, além disso, estará no parque no domingo de manhã. No domingo de manhã, o roubo aconteceu.

— De fato, tudo se encaixa — aprovou o barão —, e a história está completa.

Sholmès prosseguiu:

— Então, o roubo aconteceu. A mulher sai no domingo de manhã, presta contas do que fez a Lupin e leva a Bresson a luminária judaica. As coisas se passam, então, conforme Lupin havia previsto. A justiça, ludibriada por uma janela aberta, por quatro buracos na terra e por dois arranhões em uma sacada, admite imediatamente o roubo por arrombamento. A mulher fica tranquila.

— Que seja — fez o barão —, admito essa explicação bastante lógica. Mas o segundo roubo...

— O segundo roubo foi provocado pelo primeiro. Dado que os jornais relataram como a luminária judaica havia desaparecido, alguém teve a ideia de repetir a agressão e de se apossar daquilo que não havia sido levado. E, dessa vez não foi um roubo simulado, mas, sim, um roubo real, com arrombamento, escalada etc.

— Lupin, claro...

— Não, Lupin não age assim tão estupidamente. Lupin não atira nas pessoas por um motivo qualquer.

— Então, quem foi?

— Bresson, sem nenhuma dúvida, e à revelia da mulher que havia extorquido. Foi Bresson que entrou aqui, foi ele que persegui, foi ele que feriu meu pobre Wilson.

— Tem certeza disso?

— Absoluta. Um dos cúmplices de Bresson escreveu a ele ontem, antes de seu suicídio, uma carta que prova que tratativas foram entabuladas entre esse cúmplice e Lupin para a restituição de todos os objetos roubados de sua casa. Lupin exigia tudo, "tanto a primeira coisa (ou seja, a luminária judaica) quanto aquelas do segundo caso". Além disso, ele vigiava Bresson. Quando este se rendeu ontem à noite na beira do Sena, um dos companheiros de Lupin o seguia ao mesmo tempo que nós.

— O que Bresson ia fazer na beira do Sena?

— Avisado dos progressos da minha investigação...

— Avisado por quem?

— Pela mesma mulher, aquela que temia, justificadamente, que a descoberta da luminária judaica não conduzisse à descoberta de sua aventura... então, Bresson, uma vez avisado, reúne em um só pacote aquilo capaz de comprometê-lo, e o lança em um local onde possa recuperá-lo quando o perigo passar. É na volta que, rastreado por Ganimard e por mim, e tendo, sem dúvida, outros crimes na consciência, ele perde a cabeça e se mata.

— Mas o que continha o pacote?

— A luminária judaica e seus outros bibelôs.

— Então, não estão em sua posse?

— Imediatamente depois do desaparecimento de Lupin, aproveitei do banho que ele me forçou a tomar para ir até o local escolhido por Bresson, e encontrei, embrulhado em pano e lona encerada, aquilo que lhes foi roubado. Aqui está, sobre esta mesa.

Sem uma palavra, o barão cortou as cordas, rasgou de uma vez só os panos molhados, retirou deles a luminária, puxou um parafuso instalado sob o pé, forçou com as duas mãos o recipiente, desparafusou-o, abriu-o em duas partes iguais e descobriu a quimera de ouro, ornada de rubis e esmeraldas.

Estava intacta.

Havia em toda a cena, tão natural na aparência, e que consistia em uma simples exposição dos fatos, algo que a tornava terrivelmente trágica: era a acusação formal, direta, irrefutável que, a cada palavra, Sholmès lançava contra a senhorita. E também o impressionante silêncio de Alice Demun.

Durante essa longa, essa cruel acumulação de pequenas provas reunidas umas às outras, nem um músculo de seu rosto se movera, nem um lampejo de revolta ou de temor perturbara a serenidade de seu límpido olhar. O que pensava ela? E, sobretudo, o que iria dizer no momento solene em que tivesse que responder, em que tivesse que se defender e quebrar o círculo de ferro no qual Herlock Sholmès a aprisionava tão habilmente?

Esse momento havia chegado, e a jovem se calava.

— Fale! Fale, então! — exclamou o sr. d'Imblevalle.

Ela não falou.

Ele insistiu:

— Uma palavra a justificaria... uma palavra de revolta, e eu acreditarei na senhorita.

Essa palavra, ela não a pronunciou.

O barão atravessou rispidamente o cômodo, voltou sobre seus passos, recomeçou, depois, dirigindo-se a Sholmès:

— Bem, cavalheiro! Não posso admitir que isso seja verdade! Há crimes impossíveis! E este está em oposição a tudo o que sei, tudo o que vi ao longo de um ano.

Ele colocou a mão no ombro do inglês.

— Mas o senhor, cavalheiro, tem absoluta e definitiva certeza de não estar enganado?

Sholmès hesitou, como um homem atacado de surpresa e cuja resposta não é imediata. No entanto, sorriu e disse:

— Apenas a pessoa que acuso podia, pela situação dela em sua casa, saber que a luminária judaica continha essa magnífica joia.

— Não quero acreditar — murmurou o barão.

— Pergunte a ela.

Era, de fato, a única coisa que ele não havia tentado, na cega confiança que lhe inspirava a jovem. Contudo, não podia mais se furtar às evidências.

Aproximou-se dela e, olhando em seus olhos, perguntou:

— Foi a senhorita? Foi a senhorita que pegou a joia? Foi a senhorita que se correspondeu com Arsène Lupin e simulou o roubo?

Ela respondeu:

— Fui eu, cavalheiro.

Não abaixou a cabeça. Seu rosto não exprimiu nem vergonha nem embaraço.

— Será possível...! — murmurou o sr. d'Imblevalle. — Eu jamais imaginaria... a senhorita é a última pessoa de quem eu teria suspeitado... como fez isso, infeliz?

Ela disse:

— Fiz o que o sr. Sholmès relatou. Na noite do sábado para o domingo, desci para esta alcova, peguei a luminária e, pela manhã, levei-a... para aquele homem.

— Ora, não — objetou o barão —, o que afirma é inadmissível.

— Inadmissível! Mas por quê?

— Porque pela manhã eu encontrei a porta desta alcova fechada com ferrolho.

Ela ruborizou, perdeu o controle e olhou para Sholmès como se lhe pedisse um conselho.

Mais do que pela objeção do barão, Sholmès pareceu chocado pelo embaraço de Alice Demun. Então, ela não tinha nada a responder? As confissões que consagravam a explicação que ele, Sholmès, havia fornecido sobre o roubo da luminária judaica mascaravam uma mentira que destruía imediatamente o exame dos fatos?

O barão prosseguiu:

— Esta porta estava fechada. Afirmo que encontrei o ferrolho como o havia colocado na noite anterior. Se a senhorita tivesse passado por ela, como afirma haver feito, teria sido necessário que alguém a recebesse do lado de dentro, isto é, da alcova ou do nosso quarto. Ora, não havia ninguém no interior desses dois cômodos... ninguém senão minha esposa e eu.

Sholmès curvou-se vivamente e cobriu o rosto com as mãos, a fim de mascarar o rubor. Algo como uma luz muito brusca o atingira, e ele se sentia atordoado, incomodado. Tudo se revelava a ele como uma paisagem obscura da qual a noite se afastava subitamente.

Alice Demun era inocente.

Alice Demun era inocente. Havia aí uma verdade óbvia, cega, que era, ao mesmo tempo, a explicação para a espécie de incômodo que ele experimentava desde o primeiro dia em que dirigiu contra a jovem aquela terrível acusação. Via tudo claro, agora. Sabia. Um gesto, e a prova irrefutável se ofereceria a ele no mesmo instante.

Levantou a cabeça e, após alguns segundos, tão naturalmente quanto foi capaz, voltou os olhos para a sra. d'Imblevalle.

Estava pálida, daquela palidez inopinada que nos invade nas horas implacáveis da vida. Suas mãos, que ela esforçava para esconder, tremiam imperceptivelmente.

"Um segundo a mais", pensou Sholmès, "e ela se trai".

Colocou-se entre ela e o marido, com o desejo imperioso de afastar o terrível perigo que, por sua culpa, ameaçava aquele homem e aquela mulher. Mas, ao ver o barão, arrepiou-se até o âmago de seu ser. A mesma revelação súbita cuja claridade o havia atordoado iluminava agora o sr. d'Imblevalle. O mesmo raciocínio se operava no cérebro do marido. Ele compreendia por sua vez! Ele via!

Desesperadamente, Alice Demun se voltou contra a verdade implacável.

— Tem razão, cavalheiro, eu me enganei... de fato, não entrei por aqui. Passei pelo vestíbulo e pelo jardim, e foi com a ajuda de uma escada...

Esforço supremo da devoção... Mas esforço inútil! As palavras soavam falsas. A voz fraquejava, e a doce criatura não tinha mais os olhos límpidos e o amplo ar de sinceridade. Abaixou a cabeça, vencida.

O silêncio foi atroz. A sra. d'Imblevalle esperava, lívida, retesada pela angústia e pelo pavor. O barão parecia ainda se debater, como se não quisesse acreditar no colapso de sua felicidade.

Por fim, balbuciou:

— Fale! Explique-se....!

— Não tenho nada a lhe dizer, meu pobre amigo — disse ela bem baixinho, o rosto contorcido pela dor.

— Então... Senhorita...

— A senhorita me salvou... Por devoção... Por afeição... Ela se incriminou...

— Salvou do quê? De quem?

— Daquele homem.

— Bresson?

— Sim, era a mim que ele dirigia as ameaças... Eu o conheci na casa de uma amiga... E fiz a loucura de escutá-lo... Oh, nada que você não possa perdoar... Entretanto, escrevi duas cartas... As cartas que você verá... Eu as recuperei... Você sabe como. Oh! Tenha piedade de mim... Chorei tanto!

— Você! Você! Suzanne!

Ele ergueu sobre ela os punhos cerrados, pronto para atingi-la, pronto para matá-la. Mas seus braços tombaram, e ele murmurou novamente:

— Você, Suzanne...! Você...! Será possível...!

Com pequenas frases entrecortadas, ela relatou a comovente e banal aventura, seu despertar aterrorizado diante da infâmia do personagem, seus remorsos, seu pânico, e também falou da admirável conduta de Alice, a jovem que adivinhara o desespero de sua patroa, arrancara-lhe sua confissão, escrevera a Lupin e organizara aquela história de roubo para salvá-la das garras de Bresson.

— Você, Suzanne, você... — repetia o sr. d'Imblevalle, curvado, horrorizado. — Como pôde...?

❧❦

Na noite desse mesmo dia, o vapor *Ville-de-Londres*, que faz a travessia entre Calais e Dover, deslizava lentamente sobre a água imóvel. A noite estava escura e calma. Nuvens serenas surgiam acima do barco e, ao redor, suaves véus de espuma o separavam do espaço infinito no qual se espalhava o fulgor da lua e das estrelas.

A maioria dos passageiros havia se recolhido nas cabines e nos salões. Alguns, entretanto, mais intrépidos, passeavam pelo convés ou ainda dormitavam no fundo de grandes cadeiras de balanço e embaixo de grossos cobertores. Viam-se, aqui e ali, brasas acesas de cigarros, e ouvia-se, misturado ao suave sopro da brisa, o murmúrio de vozes que não ousavam elevar-se no grande silêncio solene.

Um dos passageiros, que perambulava com passadas regulares ao longo da amurada, parou perto de uma pessoa estendida sobre um banco, examinou-a e, como essa pessoa se mexia um pouco, disse-lhe:

— Achei que estivesse dormindo, srta. Alice.

— Não, não, sr. Sholmès, não tenho sono. Estou refletindo.

— Sobre o quê? É indiscreto que lhe pergunte?

— Eu pensava sobre a sra. d'Imblevalle. Ela deve estar tão triste! Sua vida está perdida.

— Claro que não, claro que não — disse ele, vivamente. — Seu erro não é daqueles que não se perdoam. O sr. d'Imblevalle se esquecerá dessa falha. Já quando partimos ele a olhava menos duramente.

— Pode ser... Mas o esquecimento vai demorar... E ela está sofrendo.

— Gosta tanto dela?

— Muito. Foi isso que me deu tanta força para sorrir quando eu tremia de dor, para encarar o senhor quando eu queria fugir de seus olhos.

— E está triste por tê-la deixado?

— Muito triste. Não tenho nem parentes nem amigos... Só tinha ela.

— Fará amigos — disse o inglês, a quem aquela tristeza comovia —, eu lhe prometo... Tenho relações... Muita influência... Asseguro-lhe que não se arrependerá de sua situação.

— Pode ser, mas a sra. d'Imblevalle não estará mais aqui...

Não trocaram mais nenhuma palavra. Herlock Sholmès deu outras duas ou três voltas no convés, depois veio se instalar perto de sua companheira de viagem.

A cortina de bruma se dissipava, e as nuvens pareciam se afastar do céu. Estrelas cintilaram.

Sholmès retirou seu cachimbo do fundo de sua capa, encheu-o e riscou sucessivamente quatro palitos de fósforo, sem conseguir acendê-los. Como não tinha outros, levantou-se e disse a um cavalheiro que se encontrava sentado a poucos passos:

— Teria fogo, por favor?

O cavalheiro abriu uma caixa de fósforos e riscou. Imediatamente uma chama se fez. À luz dela, Sholmès reconheceu Arsène Lupin.

Se o inglês não tivesse esboçado um ligeiro gesto, um imperceptível gesto de recuo, Lupin teria suposto que sua presença a bordo era conhecida de Sholmès, de tão senhor de si que este permaneceu e de tão natural foi a tranquilidade com a qual estendeu a mão a seu adversário.

— Sempre em boa forma, sr. Lupin?

— Bravo! — exclamou Lupin, deixando escapar um grito de admiração diante de tal autocontrole.

— Bravo...? Mas por quê?

— Como, por quê? O senhor me vê reaparecer à sua frente, como um fantasma, depois de ter assistido ao meu naufrágio no Sena e, por orgulho, por um milagre do orgulho que classificarei como totalmente britânico, o senhor não deixa escapar um movimento de estupor, uma palavra de surpresa! Ora, repito, bravo, é admirável!

— Não é admirável. Pela maneira como caiu da balsa, vi muito bem que caiu voluntariamente e que não havia sido atingido pela bala do sargento.

— E se foi sem saber o que aconteceu comigo?

— O que aconteceu com o senhor? Eu sabia. Quinhentas pessoas estavam nas duas margens, em um espaço de um quilômetro. A partir do momento em que escapou da morte, sua captura era certa.

— No entanto, aqui estou.

— Sr. Lupin, há dois homens no mundo de quem nada pode me surpreender: primeiro eu e o senhor a seguir.

A paz estava selada.

Se Sholmès não havia obtido êxito em suas jornadas contra Arsène Lupin, se Lupin continuava o inimigo excepcional que ele definitivamente devia renunciar a capturar, se no decurso dos acontecimentos ele conservava sempre a superioridade, nem por isso o inglês deixara por menos, tendo, graças à sua tenacidade formidável, recuperado a luminária judaica, assim como reencontrado o diamante azul. Talvez dessa vez o resultado fosse menos brilhante, sobretudo do ponto de vista do público, pois Sholmès foi obrigado a abafar as circunstâncias nas quais a luminária judaica havia sido descoberta e a proclamar que desconhecia o nome do culpado. Mas, de homem para homem, de Lupin para Sholmès, de policial para ladrão, não havia, com toda a justiça, nem vencedor nem vencido. Cada um deles podia reivindicar triunfos iguais.

Conversaram, então, como adversários corteses que depuseram suas armas e que se estimam por seus respectivos valores.

A pedido de Sholmès, Lupin contou sua fuga:

— Se é que podemos chamar aquilo de fuga. Foi tão simples! Meus amigos esperavam, pois havíamos marcado um encontro para pescar de volta a luminária judaica. Assim, depois de ficar por uma boa meia hora sob o casco virado da balsa, aproveitei um instante em que Folenfant e seus homens procuravam por meu cadáver ao longo das margens, e subi de volta no casco revirado. Meus amigos só precisaram me recolher de passagem em sua lancha e fugir diante dos olhos perplexos de quinhentos curiosos, de Ganimard e de Folenfant.

— Que beleza...! — exclamou Sholmès. — Sucesso total...! E agora tem negócios na Inglaterra?

— Sim, alguns acertos de contas... Mas eu me esquecia... E o sr. d'Imblevalle?

— Sabe de tudo.

— Ah! Meu caro mestre, o que eu lhe disse? Agora o mal é irreparável. Não teria sido melhor me deixar agir do meu jeito? Mais um dia ou dois, e eu recuperaria de Bresson a luminária judaica e os bibelôs e os reenviaria aos d'Imblevalle, e essas duas boas criaturas poderiam viver tranquilamente uma ao lado da outra. Em vez disso...

— Em vez disso — caçoou Sholmès —, embaralhei as cartas e levei a discórdia ao seio de uma família que o senhor protegia.

— Meu Deus, sim, que eu protegia! Será sempre indispensável roubar, enganar e fazer o mal?

— Então, o senhor também faz o bem?

— Quando tenho tempo. E também isso me diverte. Acho extremamente engraçado que, na aventura da qual nos ocupamos, eu seja o gênio bom, que socorre e salva, e o senhor, o gênio mau, que traz o desespero e as lágrimas.

— As lágrimas! As lágrimas! — protestou o inglês.

— Claro! O casal d'Imblevalle foi demolido, e Alice Demun chora.

— Ela não podia mais ficar... Ganimard a teria finalmente surpreendido... E por ela, seria possível chegar à sra. d'Imblevalle.

— Estou totalmente de acordo, mestre, mas de quem é a culpa?

Dois homens passaram na frente deles. Sholmès disse a Lupin, com uma voz cujo timbre parecia ligeiramente alterado:

— Sabe quem são esses *gentlemen*?
— Creio que reconheço o comandante do barco.
— E o outro?
— Ignoro.
— É o sr. Austin Gilett. E o sr. Austin Gilett ocupa, na Inglaterra, uma posição que corresponde àquela do sr. Dudouis, seu chefe da Sûreté.
— Ah, que sorte! Faria a gentileza de me apresentar? O sr. Dudouis é um dos meus bons amigos, e ficarei feliz por poder dizer o mesmo do sr. Austin Gilett.

Os dois *gentlemen* reapareceram.

— E se eu o levasse ao pé da letra, sr. Lupin? — disse Sholmès, levantando-se. Havia agarrado o pulso de Arsène Lupin e o apertava com uma mão de ferro.

— Por que apertar tão forte, mestre? Estou pronto para segui-lo.

Deixava-se, de fato, levar sem a menor resistência. Os dois *gentlemen* se afastavam.

Sholmès apertou o passo. Suas unhas penetravam na carne de Lupin.

— Vamos... Vamos... — proferia ele surdamente, com uma espécie de urgência febril para resolver tudo o mais rápido possível. — Vamos! Mais rápido.

Mas estacou: Alice Demun os seguira.

— O que faz, senhorita? É inútil... Não venha!

Foi Lupin que respondeu:

— Peço-lhe que note, mestre, que a senhorita não vem por sua própria vontade. Aperto o pulso dela com uma energia semelhante à qual o senhor aplica em mim.

— E por quê?

— Como! Mas preciso absolutamente apresentá-la, também. Seu papel na história da luminária judaica é ainda mais importante do que o meu. Cúmplice de Arsène Lupin, cúmplice de Bresson, ela deverá, da mesma forma, contar a aventura da baronesa d'Imblevalle, que vai interessar prodigiosamente à justiça... E o senhor terá a sorte de levar sua bem-intencionada intervenção até os últimos limites, generoso Sholmès.

O inglês havia soltado o pulso de seu prisioneiro. Lupin liberou a senhorita.

Ficaram imóveis por alguns instantes, uns diante dos outros. Depois, Sholmès voltou a seu banco e se sentou. Lupin e a jovem retomaram seus lugares.

Um longo silêncio se interpôs. E Lupin disse:

— Veja, mestre, não importa o que façamos, jamais estaremos do mesmo lado. O senhor está de um lado do fosso, e eu, de outro. Podemos nos cumprimentar, apertar as mãos, conversar por um momento, mas o fosso está sempre aqui. O senhor sempre será Herlock Sholmès, detetive, e eu, Arsène Lupin, ladrão. E sempre Herlock Sholmès obedecerá, mais ou menos espontaneamente, com maior ou menor destreza, a seu instinto de detetive, que é o de perseguir o ladrão e de "enjaulá-lo", se possível. E sempre Arsène Lupin será condizente com sua alma de ladrão, evitando os punhos do detetive e caçoando dele, se a ocasião permitir. E desta vez, a ocasião permitiu! Ha-ha-ha!

Desatou a rir, uma risada zombeteira, cruel e detestável... Depois, subitamente sério, inclinou-se na direção da jovem.

— Esteja certa, senhorita, que, mesmo reduzido à última extremidade, eu não a teria traído. Arsène Lupin não trai jamais, sobretudo, quem ele ama e admira. E permita-me dizer que amo e admiro a valente e querida criatura que é.

Tirou de sua carteira um cartão de visita, rasgou-o em dois, estendeu uma metade à jovem e, com a mesma voz comovida e respeitosa, disse:

— Se o sr. Sholmès não triunfar em sua iniciativa, senhorita, apresente-se na residência de lady Strongborough — encontrará facilmente seu domicílio atual — e entregue a ela a metade deste cartão, dirigindo-lhe estas duas palavras: "lembrança fiel". Lady Strongborough lhe será devotada como uma irmã.

— Obrigada — disse a jovem —, irei amanhã mesmo à casa dessa senhora.

— E agora, mestre — exclamou Lupin com o tom satisfeito de um cavalheiro que cumpriu seu dever —, eu lhe desejo boa noite. Temos ainda uma hora de travessia. Vou aproveitá-la.

Estendeu-se e cruzou as mãos atrás da cabeça.

O céu se abriu diante da lua. Ao redor das estrelas e na superfície do mar, sua claridade radiante florescia.

Ela flutuava na água, e a imensidão, na qual se dissolviam as últimas nuvens, parecia lhe pertencer.

O desenho da margem se destacou no horizonte escurecido. Passageiros reapareceram. O convés se encheu de gente. O sr. Austin Gilett passou na companhia de dois indivíduos que Sholmès reconheceu como agentes da polícia inglesa.

Em seu banco, Lupin dormia...

Compartilhando propósitos e conectando pessoas
Visite nosso site e fique por dentro dos nossos lançamentos:
www.gruponovoseculo.com.br

ns

facebook/novoseculoeditora
@novoseculoeditora
@NovoSeculo
novo século editora

Edição: 1
Fonte: Manuale

gruponovoseculo.com.br